음악의 쓰임

음악의

쓰임

성실하게
좋아할 때에만

알 수 있는 것

조혜림 지음

piper
press

차례

성실하게
좋아할 때에만
알 수 있는 것

능력보다, 기회보다

종종 사회 초년생이나 학생들에게 SNS나 메신저로 포부 같고 선언 같은 메시지를 받곤 한다. 메시지의 내용은 크게 두 가지로 나뉜다. 음악과 관련된 일을 하고 싶은데 어떻게 해야 하느냐는 질문이 첫 번째다. 두 번째는 나도 비슷한 일을 하고 있는 것 같은데 미래엔 당신처럼 될 것 같다는 고백 같은 이야기다.

"저는 제가 하는 일이 무엇인지 정의하기가 어려웠어요. 무언가를 기획하고 만드는 것에 열정을 쏟고 있는데 내가 미래에 무엇이 되고 싶은지 잘 모르겠다고 할까요? 그런데 혜림 님이 음악 콘텐츠 기획자라고 자신을 소개하는 것을 보며 그런 생각이 들었어요. 어쩌면 나도 그런 길을 가고 있는 건 아닐까?"

처음 이런 메시지를 받았을 때는 솔직히 기쁘기보다는 조금 당황스러웠다. 나도 내 앞 길을 잘 모르겠는데 내가 이런 질문에 답을 해도 될까? 아니, 나보다 더 잘되어야지, 나를 롤 모델 삼으면 안 되지. 이런 생각이 든다. 그럼에도 최대한 정성을 들여 답변하고 싶어진다. 소중한 꿈과 목표를 글로 써서 낯선 사람에게 보내는 일에 얼마나 큰 용기가 필요할지 감히 추측할 수 있기 때문이다. 내가 할 수 있는 조언은 많지 않겠지만, 티끌만큼이라도 도움이 되는 이야기를 하고 싶다.

결국 내가 찾아낸 별것 아니지만 도움이 되는 답변의 핵심은 '성실함'이다. 좋아하는 일을 하게 된 경로를 돌이켜보면, 특별한 능력을 발휘하거나 엄청난 기회를 만난 일은 없었던 것 같다. 다만 나는 계속해서 음악을 듣고, 책을 읽고, 영화를 봤다. 10대 때부터 이어오고 있는 몇 없는 습관 중 하나가 매일 빼놓지 않고 음악을 챙겨 듣는 일이다. 아침 등교길에서, 방송부 활동을 하면서, 출근을 하면서 듣던 음악은 음악 콘텐츠 기획자이자 평론가로서 음악을 알리는 일로 진화했다.

아이돌을 너무나도 좋아하는 후배가 케이팝에 대해 이야기하는 사람이 되고 싶은 꿈이 생겼다고 한 적이 있다. 그는 나에게 물었다. "평론가가 되려면 어떻게 해야 할까요?", "음악에 관한 일을 오래 꾸준히 하기 위해서는 어떤 공부를 해야 할까요?" 약간은 절박한 듯한 그의 질문에 내가 해줄 수 있는 답은 하나였다. 많이 듣고, 많이 쓰라는 것. 성실한 기록이 당신의 명함이 될 것이라고 말이다. 나 역시 그랬다. 블로그에 남긴 일기 같기도 소설 같기도 한 글들과 혼자서 만들어 본 플레이리스트들이 나를 지금의 자리로 이끌었다.

만들기의 재정의

학생 때는 끊임없이 믹스테이프를 만들었다. 좋아하는 노래를 모아 CD를 굽고 친구들에게 선물했다. 음원 서비스가 나온 이후엔 플레이리스트를 만들어 공유했다. 트위터는 나에게 새로운 음악을 요청하는 창구였다. "비오는 날 듣기 좋은 곡은 무엇인가요?", "듣고 있으면 기분이 좋아지는 말랑말랑 달콤한 음악 추천 부탁드려요." 이런 글을 남기면 가을날 잘 익은 밤나무 가지를 툭툭 친 것처럼 후두둑 후두둑 아름다운 노래들이 쏟아졌다. 나에게 이것은 분명 수확의 기쁨이었다. 이렇게 모은 소중한 수확물들은 저장고에 넣어두었다. 지금도 매일 들었던 곡 중 한 곡 정도는 기록한다. 이런 행위가 한 주, 한 달, 1년 쌓이면 나의 바이오 리듬 같은, 나의 기분을 돌아보게 하는 플레이리스트가 완성된다.

쓸모 없어 보이는 일에도 쓸모는 있었다. 음악을 매일 듣고, 음악에 대해 대화하고, 즐거워하는 사이 나는 나만의 음악 취향을 가진 사람이 되어 있었다. 사실 나는 음악 분야에서 특별하게 두각을 나타낸 적이 한 번도 없었다. 음악을 달고 살았지만, 노래방에 가면 심드렁한 표정으로 박수만 치다 나왔고, 악기를 잘 다루는 사람을 동경하면서도 제대로 배우거나 연주해 본 적은 없다. 엄마의 성화로 5년 가까이 피아노를 배웠지만 지금은 악보도 제대로 볼 줄 모른다. 그럼에도 불구하고 나는 끊임없이 음악을 좋아했다. 그렇게 나도 모르는 사이에 새로운 연결이 생겼다. 계속해서 좋아하고, 듣고, 즐기는 동안 나는 사람들에게 새로운 음악을 소개하고, 숨겨진 음악을 발견해 내는 일을 할 수 있게 되었다.

좋아하는 일을 꾸준히 하다 보면, 내가 좋아하는 것이 무엇인지 정확히 파악할 수 있다. 나는 요리하는 것을 즐긴다. 이것저것 합쳐서 하나의 맛있는 음식이 만들어지는 일에서 뿌듯함과 행복을 느낀다. 그런데 요리를 하다 보니 내가 모든 요리를 좋아하지는 않는다는 것을 알게 되었다. 나는 제빵처럼 정확한 계량이 필요한 요리를 싫어한다. 패션 디자인을 전공하고도 다른 일을 하는 이유가 아마 거기에 있는 건 아닐까 생각한다. 완벽하게 치수를 재고 패턴 하나하나를 꼭 끼워 맞춰 어긋남 없이 정확한 옷을 만드는 일이 싫었던 것이다. 이런 내가 작곡을 했다면 불협화음을 만들었을 것 같다. 그렇다. 나는 음악을 좋아하고, 음악의 곁에 있고 싶지만, 작곡을 하거나 연주를 하고 싶은 건 아니었다. 음악을 좋아한다고 하면 음악을 '해야' 할 것 같은데, 나는 그렇지 않았다. 엄청난 기록을 세우거나 정신이 아득할 만큼 훌륭한 대작을 남기는 것만이 무언가를 만드는 일은 아니라고 생각한다. 만들어진 결과물을 즐기고, 그것으로 새로운 이야기를 만드는 일. 그게 내가 원하는 만들기다.

성실이라는 재능

무라카미 하루키는 매일 오후, 단 하루도 빠지지 않고 1시간 이상 러닝 또는 수영을 한다. 그에게 본업인 글쓰기보다 더 중요한 일이다. 이 습관이 그가 오랫동안 글을 쓰고, 단 한 번도 마감을 어기지 않은 체력을 만들어 주었기 때문이다. 반복으로 강인해진 정신력은 매일의 꾸준함을 지켜나갈 수 있는 힘이 되었다.

하루키는 책 『달리기를 말할 때 내가 하고 싶은 이야기』에서 이렇게 말한다.

"매일 달린다는 것은 나에게 생명선과 같은 것으로, 바쁘다는 핑계로 인해 건너뛰거나 그만둘 수는 없다. 만약 바쁘다는 이유로 달리는 연습을 중지한다면 틀림없이 평생 동안 달릴 수 없게 되어버릴 것이다."

계속해서 하고 싶기 때문에, 계속한다는 것. 우스운

동어반복 같기도 한 이 메시지에서 나는 삶을 지탱하는 성실의 힘을 확인한다.

성실하다는 건 목표를 정하고, 목표에 부합하는 활동을 꾸준히 해내는 자세만을 의미하지는 않는다. 당장은 상관없어 보이지만, 그냥 좋아서 하는 것이 어쩌면 진정한 의미의 성실이 아닐까 생각한다. 해서 뭐하나 싶은 활동을 매일 할 수 있다는 것만큼 강력한 동기와 의지가 또 있을까?

성실은 아무나 가질 수 없는 재능이기도 하다. 종착지가 보이지 않는 길을 끝없어 걸어가는 건 끈기와 인내심 없이는 불가능하다. 이시즈카 신이치石塚真一의 재즈 만화『블루 자이언트』의 주인공 다이는 친구를 따라 재즈 공연장에 갔다가 재즈에 빠진 이후로 동네 천변의 둑 위에서 매일 네 시간 이상 색소폰을 분다. 전문 교육을 받지 않은 다이가 성장하는 동력은 천재성이 아니라 성실이었다.

누구나 하루에 한 번은 반복하고 있는 일이 반드시 있다. 그런 면에서 보면 우리는 모두 성실의 재능을 타고났는지도 모른다. 다만 우리가 가치를 두고 발견해 주지 않았을 뿐. 남이 시키지 않아도 매일 하고 있는 일이 있다면, 그 일과 아주 작은 연결이라도 있는 직업을 가진다면, 더 오래, 더 잘할 수 있지 않을까 생각한다. 물론 어떤 일이든 경쟁이 있다. 목표한 것을 이루기까지는 노력이 필요하다. 하지만 불가능해 보이는 일에 무작정 도전만 할 수는 없다. 먼저 나를 향한 관찰을 시작해 보자. 내가 소중하게 여기는, 매일 가꿔나가고 있는 습관이 있을 것이다. 거기에서 '좋아하는 일'이 시작된다.

김사월

인생의 사랑은
나 자신이어야 해요

✦ 최애를 만났을 때

"혹시 혜림 님은 최애가 누구인가요?"

가끔 대화를 나누다 보면 이러한 질문을 받는다. 살면서 최애라고 할 만한 대상을 가져보았나 생각해 본다. 중학교 때 잠시 아이돌 그룹 H.O.T.를 좋아하기도 했고, J- Rock 밴드와 쟈니스 아이돌을 좋아했던 적도 있지만 '최애'라는 거창한 타이틀을 붙이지는 않았다. 배우도 마찬가지다. 한 영화를 깊이 사랑한 적은 있지만 특정 배우를 특별히 좋아한 일은 거의 없다.

어느 날 늦은 저녁, 한 평론가분과 커피를 마시며 음악 업계에 관한 이야기를 나눌 때였다. 무거워진 대화에 잠시 가벼운 환기가 필요한 시점에 또 다시 최애에 관한 질문을 받았다. 나는 이렇게 답했다.

"저는 음악 업계 일을 한 이후로 계속 최애가 바뀌어요.

김사월

글을 쓰거나 인터뷰를 하거나 촬영을 할 때, 그날은 그 아티스트가 제게 최애인 거죠. 하루만 사랑한다, 일주일만 사랑한다. 저에게 최애란 그런 단순하게 스쳐가는 감정인 거예요."

그런데 대화가 끝나고 카페 앞에서 헤어짐의 인사를 나누려 할 때, 평론가님은 웃으며 이렇게 말했다.

"이야기를 듣고 보니 혜림 님의 최애는 김사월 씨인 것 같은데요?"

김사월. 한국의 대표적인 포크 뮤지션이자 싱어송라이터, 내가 오랜 시간 흠모해 온 사람이자 인생의 유서 깊은 취향. 그의 노래는 언제나 사랑을 이야기한다. 그가 표현하는 사랑은 나의 눈길이 미처 닿지 못한, 세상의 섬세하고 다양한 풍경을 향한다. 마음속 깊은 곳에 자리한 연약한 진심을 이야기한다. 어딘가 간절하기도 하고 날카롭기도 한, 사랑하지만 한편으론 그 사랑에서 벗어나고 싶은 양면적인 감정의 지독한 모순을 그는 맑은 목소리로 노래한다. 사랑은 아름답지만 복잡하고 난해한 슬픔으로 가득하구나. 김사월은 나에게 사랑이란 이토록 다채로운 색을 가지고 있다는 것을 알려주었다.

음악 업계에서 일을 하게 된 이후로 그를 만날 기회를 엿보았다. 일명 '사심'을 채우고 싶은 마음도 컸고, 그의 노래하는 모습을 나의 앵글에 담고, 그가 말하는 사랑에 대해 직접 듣고 이야기를 나눠보고 싶었다. 간절히 바라고 상상하면 현실이 된다고 했던가. 나의 두터운 '팬심'은 실제로 힘을 발휘했다. 나는 2020년 그의 노래 「엉엉」과 「우리」, 두 편의 라이브 영상을 만들었다. 그리고 2023년 깊은 가을, 2024년의 따스한 봄에 두 번의 인터뷰를 했다.

그와의 인터뷰에서도 고백했던 대로, 나는 그의 노래들을 들으며 정말 많이 울었다. 책, 영화, 음악, 만화를 많이 소비해야 하는 일을 하지만, 딱히 눈물을 흘리거나 감정적 동요를 느낀 적은 없었다. 이기적이게도 오롯이 나에게만 초점을 맞춰 살기 때문에 나의 이야기가 아니면 감정을 느끼지 못하는 건 아닐까 생각해 보기도 했다. 그런데 김사월의 목소리와 노래에는 단단한 벽으로 가로막힌 나의 감정을 무너뜨리는 무언가가 있었다. 그는 내 인생에서, 유일하게 내 감정을 건드릴 수 있다는 점에서는 '최애'일지도 모른다.

막상 그를 섭외하고 만난 라이브 촬영 현장에선 수많은 스태프들 틈에 몸과 마음이 바빴다. 그가 서있는 풍경과 분위기를 카메라 앵글 속에 그대로 담고 싶어 모니터에 집중하느라, 나는 최애를 앞에 두고도 간단한 인사 외엔 아무 대화도 나누지 못했다.

✦ 이건 언제 적 노래예요?

세 번째 만남이었지만 사실상 첫 번째 만남이나 다름없

인생의 사랑은 나 자신이어야 해요.　　　　　　　19

었던 인터뷰 날, 나는 무척이나 긴장했다. 혹시나 늦을까 조급한 마음에 택시를 탔다. 데뷔 10주년을 축하하기 위해 구입한 하얀 꽃다발을 신부 부케처럼 소중히 품에 안았다. 택시에 앉아 한강을 바라보았다. 시간은 오후 3시 30분을 지나고 있었고, 조금씩 차가운 바람이 불기 시작한 10월 말의 강가는 조금 쓸쓸하게 느껴졌다. 그때, 지는 태양의 빛이 살짝 열린 창문 틈으로 흘러들어왔고, 새초롬한 오렌지 빛 태양에 나는 금세 기분이 좋아졌다.

"혹시 음악을 켜서 들어도 될까요?" 나의 질문에 택시 기사님은 묵묵히 고개를 끄덕이며 듣던 라디오의 볼륨을 줄였다. 나는 핸드폰을 꺼내 김사월의 신곡이자 인터뷰 주제인 「칼」과 「밤에서 아침으로 가는 통신」을 틀었다. 그리고 눈을 감고 나른하게 온몸을 감아오는 가을의 끝자락 속으로 온 마음을 내던졌다. 그때 기사님이 물었다. "이 노래는 언제적 노랜가요? 포크인가요?" "맞아요. 포크예요. 이 노래는 김사월이란 요즘 가수의 곡이에요."

정식으로 만나는 것은 처음인 김사월을 앞에 두고, 나는 인터뷰어와 인터뷰이의 관계라는 어색함을 풀어보려고 택시에서 있었던 에피소드를 전했다. 김사월은 "언제 적 노래라는 말이 왜 이리 기쁠까요?"라며 두 손을 모았다. 그리곤 택시 속 공기가 되어 우리의 모습을 훔쳐보고 싶다고 했다.

사람을 편안하게 하는 음악. 침대 위 이불에 둘러싸이듯 포근하고 편안한 음악에는 거부하기 힘든 큰 힘이 있다. 그래서 포크의 감성에는 여전히 전 세대를 아우르는 힘이 있는 것 같다. 나는 김사월에게 그것이 당신의 음악이라 말했다. "그래서 계속 포크를 하게 되는 것 같아요." 그가 다정한 미소를 건네며 말했다.

우리의 대화는 2시간 가까이 이어졌다. 첫 번째 인터뷰도 두 번째 인터뷰도 모두 그랬다. 우리는 예정했던 시간을 넘겨가며 그의 데뷔 10주년과 새로운 정규 앨범에 대한 이야기를 나눴다.

"저는 사랑이 잘되면 좋지만 안 돼도 좋다는 생각을 해요. 모든 것을 사랑으로 볼 수 있을 때의 제가 좋긴 하지만, 사랑에 실패할 때, 슬퍼하는 과정을 통해 오히려 더 나다워지는 것 같아요. 사실 인생의 사랑은 나 자신이어야 하고 그 마음이 좋을 때도 싫을 때도 그걸 표현하는 방식으로 음악을 찾았으니까요. 그것만으로도 저는 무척 행복한 게 아닌가란 생각을 해요."

김사월의 노래는 마치 삶의 다큐멘터리처럼 현실적인 사랑을 노래한다. 나는 나의 지난 연애 속에서 수없이 공감했던 그의 노래에 담긴 진정한 메시지를 최대한 인터뷰에 담고 싶었다. 그의 말에는 한 치의 꾸밈도 없었다. 종종 들여다봤던 그의 블로그에서 만났던 일기 같기도, 낙서 같기도, 비밀 쪽지 같기도 한 이야기의 말투와 글내음을 그의 입을 통해 생생하게 느꼈다. 어느덧 긴장이 풀리고, 나는 커피를 양손으로 쥐거나 기도하듯 손을 움켜쥐며 그의 말에 집중하고 있었다. 말갛고 깨끗한 아이 같은 그의 얼굴과 비슷한, 진실하고 현실적

김사월

인 이야기였다. 나는 팬으로서, 그리고 사랑을 탐구하는 한 사람으로서 인터뷰 내내 그를 탐구해 갔다.

✦ 믿는다는 것

음악 콘텐츠 기획자로서, 평론가로서 종종 뮤지션을 인터뷰한다. 그때마다 가슴이 터질 듯 긴장되고 떨려온다. 아무리 좋아하는 뮤지션일지라도, 내가 이미 잘 알고 있는 사람일지라도 지난 인터뷰와 SNS 글들을 모두 찾아 읽어보려 노력한다. 노래 가사를 전공 책 읽듯 한 줄 한 줄 짚어가며 읽는다. 그렇게 노력을 해도 인터뷰의 결과가 만족스럽지 않을 때가 있다. 상대의 마음에 동화돼 감동받으면서 다양한 감정을 기록하게 되는 인터뷰는 흔치 않다.

인터뷰가 발행되고, 이런 칭찬을 들었다. "혜림 님과 김사월 님의 인터뷰는 매번 레전드인 것 같아요. 혜림 님

인생의 사랑은 나 자신이어야 해요.   23

이 정말 팬이라서 그런가 봐요."

이 말은 맞기도 하지만 틀리기도 하다. 팬으로서의 사랑이 담기는 것, 열심히 준비하는 것만으로는 부족하다. 마음을 열고 솔직하게 이야기하고, 눈을 초롱초롱 빛내며 즐거워하는 인터뷰이의 깊이 있는 대답에 인터뷰의 성패가 달려 있다. 진실된 인터뷰를 하려면 인터뷰어와 인터뷰이가 서로를 믿고 내맡기는 관계가 되어야만 한다. 나의 인터뷰는 이러한 교감의 순간들 사이에서 성장해 왔다. 그리고 김사월은 나에게 가장 완벽한 인터뷰였다. 그와의 대화 속에서 여러 번 감동을 넘어 희열을 느꼈다.

매우 추상적인 질문을 한 적이 있다. 그녀가 노래에서 이야기하는 단어들은 실체가 뚜렷하지 않은 추상적인 것들투성이였다. 그래서 나는 물었다. "사월 씨가 생각하는 '초월하는 사랑'이란 어떤 건지 궁금해졌어요." 그는 잠시 멈칫하는 듯하다 큰 호흡 한 번, 미소 한 번을

김사월

짓더니 이야기를 이어갔다.

"'믿는 것'인 것 같아요. 그냥 생각나는 것부터 말하자면요. 마치 「확률」(김사월 정규 3집 수록곡)의 '우리 헤어진 후에도 나의 여생을 함께할 수 있는 사람'이라는 가사처럼요. 이 사람은 지금의 내 세상에는 없어졌더라도 내 마음속에는 계속 남아있을 거라는 이야기거든요. 그렇다면 사실상 저와 영원히 함께하는 거나 다름없어요. 오히려 저와 실제로 함께하는 것보다 더 가까이 있을 수 있을 거예요. 저는 이것이 조금은 다른 차원을 믿는 개념이라 생각하거든요. 누군가와 헤어졌다 하더라도 과거의 그 공간과 차원 안에서 우리는 계속 함께한다는 것, 그것을 믿는다면 지금 잠깐의 불안감이나 불신 같은 게 얼마나 하찮은 것일까? 더 큰 차원을 믿고 싶다는 마음, 그런 느낌으로 가사를 쓰게 된 것 같아요."

나는 인터뷰가 끝난 후 이 답변을 계속해서 돌려 들었다. 내 마음속에 영원히 함께하는 것, 인간이기에 나눌 수 있는, 인간만이 줄 수 있는 위로에 대해 떠올렸다. 그리고 다시금 내가 왜 그의 음악에 매료될 수밖에 없었는지 깨달았다.

뮤지션은 내가 영원히 도달할 수 없는 세계의 사람이다. 그렇기에 더욱 빠져드는 것일지도 모른다. 나는 음악을 만드는 사람이 아니기에 영원히 음악을 가지지 못할 것이다. 그저 바라만 보게 될지도 모른다. 하지만 나는 그와의 인터뷰에서 음악에 대한 사랑을 멈출 수 없음을 깨닫는다. 그리고 음악이라는 방대한 세계 속에서 소유만이 사랑의 방법이 아니라는 것을 떠올린다. 발견하고, 찾아내고, 알려주는 사람으로서의 도리를 다 하리라 마음먹으며 이것이 나만의 사랑의 방식임을 믿는다.

단단한 사랑의 품에 안겨 아름다운 김사월의 목소리를 듣는다. 그의 다음 앨범, 그리고 다음 인터뷰를 기다리며 조금은 더 다채로운 시선으로 사랑을 바라보자고 다짐한다.

김사월

이 노력의 끝에는
뭐가 있을까

모두가 즐거웠지만, 나는 그러지 못했다

나는 언제나 조금 지쳐 보이는 행색이었다. 말라붙은 입술, 바짝 자른 손톱, 짙은 불안이 서린 눈빛. 계약직이라는, 뭔가 뒤엉켜버린 것만 같았던 출발점에 우두커니 서 있는 나는 내가 보기에도 안쓰러웠다.

2011년 4월, 나는 취업과 독립이라는 큰 결정을 했다. 부산에서 평생을 살다가 서울로 올라오는 결단을 내렸지만, 첫 직장은 불안하기만 했다. 정규직이 되기 위해 노력하다 보니 삶은 더 무겁게만 느껴졌다. 타지에서 느끼는 외로움도 나를 위태롭게 했다. 나 하나 겨우 누울 수 있는, 햇빛이 조금도 들지 않는 원룸에서 그 누구의 도움도 없이 살아가는 계약직의 삶. 부담스러운 생활비와 막막한 미래를 생각하면 불안감은 무한대로 증폭됐다.

그럼에도 짓눌리지 않았던 이유는 꿈이 있다는 사실 때문이었다. 내가 좋아하는 문화와 관련된 일에 다가갈 수 있다는 사실에서 희미한 빛을 발견하곤 했다.

이 노력 끝에 내가 알지 못하는 기쁨이 있을 거라고 생각하고 싶었다.

내가 하는 일은 대기업에서 한국 현대 미술을 중심으로 문화 콘텐츠를 기획하고 외부 기관들과 제휴하는 업무였다. '오늘의 미술'이라는 타이틀로 현대 미술 작가들의 작품을 아카이빙하기 위해 나는 사수와 함께 전국의 미술관, 갤러리, 미술제를 뛰어다녔다. 돌아와서는 디지털 미술 콘텐츠를 만들고, 관리하고, 디지털 저작권을 확인했다. 미술관을 집에서, 손 안의 스마트폰으로 경험할 수 있게 만든다는 목적의 꽤 강도 높은 프로젝트였지만, 창의성을 발휘할 수 있는 흥미로운 작업이었다. 출장을 다니며 예술품을 만나고, 작가들의 글을 에디팅하는 일은 매력적이었다. 일에 집중하며 내 시간은 물론 에너지와 마음까지도 쏟아부을 수 있었다.

계약직이라는 사실은 쉽게 잊을 수 있었다. 일을 좋아했고, 어렵지만 즐거웠다. 나를 곤혹스럽게 만든 건 일이 아니라 회식이었다. 타고나기를 술을 잘 마시지 못하는 체질인 데다, 워낙 내향적인 기질이라 사람들과의 만남 자체에 용기가 필요했던 나로서는 회식만큼 힘든 일이 없었다. 한참 선배인 상사들, 무엇보다 내 계약서에 적힌 문구를 바꿔줄 수 있는 절대 권력자인 실장님까지 있는 자리가 편할 수는 없었다. 모두가 회식을 즐겼지만 나는 그러지 못했다.

노래방 가는 것을 좋아했던 상사들의 앞에서 나는 막내라는 이름으로 갖가지 재롱을 부렸다. 당시 최고 히트곡이었던 아이유IU의 「좋은 날」은 단골 레퍼토리였다. 두 눈을 꾹 감는 심정으로, 자의 반, 타의 반으로 '오빠가 좋은 걸'을 외치고 박수를 받았다. 「너랑 나」의 시계 태엽 감는 춤을 추며 분위기를 돋웠다. 대리님, 과장님, 수석님, 팀장님, 실장님이 좋은 걸. 여러분이 있는 미래에서 내 이름을 불러줘. 나는 개사까지 해가며 수없이 많은 「좋은 날」과 「너랑 나」를 불렀다.

어린 나의 좋은 날을 보내주는 법

아이유는 내가 사회생활을 시작한 그해, 2011년 최고의 스타였다. 2008년 「미아」로 데뷔한 아이유는 통기타를 안고 16세답지 않은 성숙한 가창력을 선보였지만, 큰 주목을 받지는 못했다. 이후 「있잖아」, 「마쉬멜로우」 같이 귀엽고 사랑스러운 노래를 가지고 나와 치어리더 콘셉트를 소화하며 조금씩 얼굴을 알렸다. 그러다 2010년 2AM의 임슬옹과 함께 부른 「잔소리」가 대히트를 쳤고 성시경과 함께 부른 「그대네요」가 순위권에 오르며 존재감을 보이더니 2010년 12월 발표한 「좋은 날」로 국민적 인기를 얻었다. 3단 고음 신드롬을 일으킨 이 노래에 이어지는 '소녀 시리즈'로 2011년 늦가을 발표된 곡이 「너랑 나」다. 이 노래로 아이유는 '국민 여동생'이 되었다.

기타 연주와 작곡을 배우고 싱어송라이터의 꿈을 키우다, 어른들이 만든 노래에서 선보인 묘기 같은 가창력으로 인기를 얻은 가수. 목표로 삼은 것과는 거리가 있는 성공이었을지 모른다. 그럼에도 그는 주어진 성공에 취해 화려한 스타의 길로 나아가지도, 이루지 못한 목표에 매달리며 대중과의 소통을 포기하지도 않았다. 음반을 낼 때마다 한 단계, 한 단계, 성숙해지는 모습으로 스스로 가본 적 없는 길을 개척하며 발걸음을 내디뎠다. 조금은 냉소적이고, 솔직한 가사를 쓰는 뮤지션으로 도약한 그는 어느덧 그 누구와도 비교할 수 없는 유일무이한 음색과 독보적인 곡 해석 능력을 갖춘, 인간미 넘치는 싱어송라이터로 성장했다.

2022년 9월 18일 서울 올림픽주경기장에서 열린 콘서트에서 아이유는 어린 시절 불렀던 「좋은 날」의 졸업을 발표했다. 사랑받는 여동생이었던 자신을 추억하며 아름답게 보내주고 이제 확고한 자신만의 취향을 바탕으로 다채로운 팔레트를 그려나가겠다는 선언이었다.

귀여운 소녀를 사랑스럽게 바라보던 사람들은 이제 그를 존경하고 응원한다. 30대가 된 우리의 소녀는 사랑과 이별, 성장과 아픔을 겪으며 싱어송라이터를 넘어 프로듀서로 성장했다. 지금 이 순간 가장 똑똑하고, 가장 감각적인 아티스트. 숨 가쁘게 달려온 10여 년을 돌아보면서 「좋은 날」의 아이유를 놓아주는 순간, 그동안 동경해 왔던 바로 그 아티스트가 된 자신을 발견했을 것이다. 사랑스럽고도 찬란한 과거를 향한 송가 「라일락」은 그 결과다.

국내 음악에서 여성 솔로 아티스트의 역사는 아이유 전과 후로 나뉜다고 할 수 있다. 국내 여성 가수 최초로 올림픽주경기장에서 단독 공연을 여는 기록을 세운 아이유는 자전적인 이야기를 독보적으로 펼쳐보이는 싱어송라이터다. 10대에 국민 여동생이었다가, 20대에는 성장과 추억을 이야기하며 팬들과 함께 어른이 되었다. 이제 그는 개인의 사색을 넘어 전 세대가 공감하는 음악을 만든다. 청각적 아름다움과 시각적 즐거움을 놓치지 않고 매번 새로운 모습을 보여준다. 도전하면서도 자기다움을 잃지 않는, 모든 아티스트들의 꿈이자 교본이라고 할 만한 살아있는 전설이다.

너와 나의 미래를 기대하는 마음

아이유가 전설이 되는 동안, 나는 음악 콘텐츠 기획자가 되었다. 나름대로 업계에서 전문가라는 소리를 들으면서, 원치 않는 회식이나 노래방엔 가지 않는다. 여전히 고민은 많지만 마음은 한결 가벼워졌다. 꿈의 모양이 훨씬 선명해졌기 때문일 것이다. 예술의 근처에서 일하고 싶다는, 어쩌면 수수께끼 같았던 막연한 목표는 이제 음악의 아름다움을 더 많은 사람들과 나누는 일로 구체화되었다. 적어도 '이 길이 맞는 길이 아니면 어떡하지' 하는 고민은 더 이상 하지 않는다. 험하든 멀든 이 길이 옳다고 믿고 있다. 하나의 목표를 향해서 차근차근 걸어나가는 과정에서도 좌절과 실패는 있겠지만, 다시 일어나 걸어나갈 수 있을 것이다. 내가 가야 할 길이 저 앞에 분명하게 보이니까.

알려지는 것, 스타가 되는 것, 좋아하는 노래를 만드는 것. 여러 가지 목표 사이에서 고민했을 순간에도 가장 자연스러운 자신의 모습을 있는 그대로 보여주며 성장해 나간 아이유를 생각한다. 잘 보이지 않는 미래 대신 내 발 밑의 길을 또렷하게 직시하면서 한 걸음을 내딛는 그 힘에서 성장이 아닌 성숙의 길을 본다.

첫 직장에서 나는 정규직이 되지 못했다. 실장님과의 면담이 끝나고 작은 상자 하나에 짐을 넣어 내려와 리셉션에 사원증을 반납하고 뒤를 돌아보았다. 달팽이도 제가 지나온 길에 흔적을 남긴다는데 내가 걸어온 길에는 그 어떤 흔적도 보이지 않는 것 같았다. 노력과 열정이 지나간 자리엔 투명한 슬픔만 남았다. 하지만 이 건물 어디에도 나와 함께 울어줄 사람은 없었다. 곧 새 일자리를 찾았고 생계 문제는 해결됐지만, 그때 느낀 불안감은 쉽게 사라지지 않았다. 한동안은 가끔 고개를 돌리면 보이는 공허한 세상의 풍경만으로도 내가 잘못될 것만 같은 불안에 몸이 떨렸다.

힘든 날마다 툭 하고 위로를 건네는 친구 같은 아이유의 음악에 나는 종종 눈시울을 붉혔었다. 그렇게 용기를 얻어 스스로가 한없이 작게 느껴질 때에도 계속해서 좋아하는 일을 찾아나가리라 다짐하곤 했다.

오늘도 나는 아이유의 음악에서 위로받는다. 최고의 자리에 올랐지만, 나 역시 불안하다고 솔직하게 말하는 그의 목소리에서 힘을 얻는다. 불안으로 잠들지 못했던 그가 할머니의 무릎 위에서 까무룩 잠들던 편안함을 떠올리며 만든 곡 「무릎」은 기댈 곳이 되어주었다.

아이유는 최근 100번째 단독 콘서트를 마무리했다. 우리 시대 대중문화의 아이콘인 아티스트가 나의 불안을 위로하는 친구이기도 하다는 사실에 가끔 놀란다. 그와 함께 나이 들어갈 수 있어서, 성숙을 지켜보며 배울 수 있어서, 성실함으로 빛나는 삶의 조각을 발견할 수 있어서 기쁘다.

아이유의 노래를 들을 때면 나는 언제나 땀 흘리며 노력했던 시기를 기억하고, 감사한다. 끊임없이 나아가는 그의 미래를 궁금해하다 보면, 앞으로 내가 만들어 갈 미래 또한 기대가 된다.

너만의 색깔
그대로 아름다워

✦ 안락한 불편함

불안한 현재를 어떻게든 밀어내야 했다. 대기업 계약직으로 일하다 퇴사한 이후, 나는 수없이 많은 이력서를 썼다. 지금의 나는 꿈을 잃을까 두려워하는 30대이지만, 그때는 꿈을 좇을 여유가 없는 20대였다. 어떻게 나이를 먹을 것인가, 어떠한 삶을 만들어 갈 것인가 같은 거대한 질문은 안중에도 없었다. 거처도 없고, 기댈 곳도 없는 나의 유일한 관심사는 매달 손에 쥐어지는 월급뿐이었다. 월급이 없는 삶만큼 불안한 건 없었다.

그렇게 나는 취향이나 흥미와 조금도 닿아있지 않은 외국계 엔지니어링 회사의 마케터로 취업했다. 낮은 업무강도, 꽤 괜찮은 복지, 좋은 또래 동료들이 있는 안정적인 회사의 정규직이라는 울타리에 나는 금세 스며들어갔다.

처음 1년은 좋았다. 평온하고 규칙적인 일상의 안정감

f(x), 샤이니

이 좋았다. 시간이 금방 흘러가는 것 같았다. 그런데 나는 어느샌가 반복되는 삶에 염증을 느끼기 시작했다. 살얼음 위를 걷는 계약직이었더라도 일이 즐거웠던 시절이 떠올랐다. 세상의 낯선 즐거움에 매료되었던 그때, 나는 늘 즐거움을 느끼며 개인 시간까지 반납하고 일했었다.

엄마가 말한 대로 나는 '배부른 고민'을 했다. 내가 원하는 건 무엇인지, 어떨 때 즐거운지, 무엇을 꿈꾸는지. 안락한 울타리가 이제 나에게 맞지 않는 옷처럼 느껴졌다. 불편하고 어색했다.

H.O.T.를 좋아했던 학창 시절 이후 오랜만에 아이돌 음악을 찾아들었다. 누군가를, 무언가를 온 마음을 다해 좋아하는 상태가 그리웠던 것 같다. 아이돌의 음악을 파고들면서 나는 내가 진정으로 좋아하는 것이 무엇인지 매일 고민했다.

어제 꿈에 나를 찾아온 희미하던 작은 신호

어쩌면 멀리 알지 못하는 누군가 내게 구조를 요청

다시 켜보자 radio 네 시그널을 잡을 수 있게

또 다시 물음표 널 잡은 뒤엔 어떻게 킵할 수 있니

걸 그룹 에프엑스f(x)의 두 번째 정규 앨범 『핑크 테이프 PINK TAPE』(2013)에 수록된 곡 「시그널」을 들었을 때였다. 이 가사는 나에게 하는 말처럼 들렸다. 내 마음에 울리는 작은 신호를, 내가 나에게 하는 구조 요청을 더 이상 무시하지 말고, 귀 기울여 들어보라는 말.

H.O.T. 이후 처음으로 산 아이돌 그룹의 피지컬 앨범이 『핑크 테이프』다. 지금도 내 방의 한 편에 눈에 띄게 진열되어 있다. 이제는 나의 보물 중 하나가 된 이 앨범은 난해함과 혁신 사이를 오가던 신선한 걸 그룹 에프엑스가 자기들만의 꿈의 신호를 찾은 계기이기도 했다. 에프엑스는 대형 기획사 에스엠SM 엔터테인먼트에서 보장된 것처럼 자연스럽게 성공 가도에 진입한 걸 그룹

f(x), 샤이니

이었지만, 계속해서 새로운 실험을 하며 생경한 자극을 발견해 나가고 있었다. 특히 이 앨범은 일렉트로닉, 힙합, 록의 요소를 결합해 독특하고 독창적인 실험적 사이키델릭 사운드를 만들어 낸 결과물이다. 전형적인 아이돌의 스타일에서 탈피한 신선한 패션과 아트 필름으로도 하나의 작품이 되었다.

무조건 대중성을 따르지 않아도 대중을 설득할 수 있다는 것, 좋은 작품을 발표하면 사랑받을 수 있다는 것을 보여주면서 케이팝의 새로운 스테이지를 열어젖힌 이 앨범은 도전하는 자가 쟁취한 승리의 트로피다. 에프엑스와 비주얼 디렉터 민희진은 나만의 감각을 믿고 독창적인 스토리를 만들어 내는 것이 대중적인 편안함을 추구하는 것보다 훨씬 성공적일 수 있다는 것을 입증해 보였다. 안락해 보이는 틀 안에서 즐거움과 흥미를 잃고 나만의 색깔을 잃어가고 있었던 삶에 『핑크 테이프』는 하나의 신호였다.

✦ 밝고도 어두운 우리

"좋아하지 않는 일을 하고 있을 줄은 몰랐어."

고민만 하며 회사를 다니고 있던 어느 날, 메신저로 대화를 나누던 독일인 친구가 나에게 말했다. 대학 시절 만난 그 친구는 내가 음악과 예술을 무척이나 사랑했었다고 기억하면서 좋아하는 일을 하고 있을 거라 믿었다고 했다. 무얼 하고 싶은지 모르겠다는 내 말에 그 친구는 크게 슬퍼했다.

"너는 정말 꿈이 많은 밝은 사람이었어. 지금이라도 새롭게 도전해 보는 건 어때? 일단 회사를 그만두고 독일로 와. 우리 플랫에 비는 방이 있는데 빌려줄게. 여행을 하다 보면 용기가 생기지 않을까?"

신뢰 깊은 우정 덕분이었을까. 퇴사 결심은 생각보다 어렵지 않았다. 걱정과 배려, 응원이 섞인 말에 의지해 나는 회사를 그만뒀다. 그렇게 독일을 시작으로 덴마크, 스웨덴, 핀란드, 에스토니아, 노르웨이, 크로아티아를 거쳐 세르비아, 영국, 프랑스까지 6개월을 여행했다. 여행하는 내내 나는 음악을 내 안에 쏟아붓기라도 하듯 계속해서 들었다. 핀란드의 이름도 낯선 음악 페스티벌에서 혼자 돌아다니다 여길 어떻게 알고 왔느냐며 현지 방송국의 취재 요청을 받기도 했다.

국적도 모르는 사람들이 찾아오고 떠나기를 반복하는 도시를 걸으며, 나는 처음 서울에 올라와 덩그러니 서 있었던 서울역 광장을 떠올렸다. 서울에서도, 유럽의 도시에서도 나는 설렘과 패배감이 미묘하게 뒤섞인 기분을 느꼈다. 모든 것은 늘 불확실했다. 기대와 불안은 함께 온다. 즐거움과 두려움도 늘 함께였다.

여행을 하는 동안 에프엑스와 샤이니SHINee의 곡을 많이 들었다. 에프엑스가 나의 꿈을 찾기 위한 질문을 던져줬다면, 샤이니는 그 질문에 답을 찾기 위해 나선 나와 동행하며 영감을 주는 친구였다. 2013년에 발매된 3집 『The Misconceptions of Us』를 많이 들었다. 앨범은 두 장으로 구성돼 있다. 챕터1으로 불렸던 첫 앨범은 너에 대한 오해The Misconceptions of You, 챕터2로 불린 두 번째 앨범은 나에 대한 오해The Misconceptions of Me를 주제로 삼고 있다. 두 앨범을 합한 3집 앨범 전체는 우리에 대한 오해를 이야기한다. 알록달록 밝고 화려한 챕터1과 몽환적이고 어두운 챕터2의 교차는 여행하는 내내 느꼈던 나의 복잡한 감정 같았다. 마치 우리가 꿈을 대하는 태도 같기도 했다. 희망을 갖고 밝은 미래를 그려봤다가, 불안과 패배감에 굴복하기도 하는 모습 말이다.

나는 여행하는 모든 순간이 기쁘면서도, 한국으로 돌아갔을 때의 미래를 계속해서 상상하며 걱정에 빠졌다. 행복을 찾아 떠나온 여행이었는데, 즐겁지만 우울했다. 행복이란 건 도대체 무엇이길래, 행복을 떠올리면 기쁜 것이 아니라 불안해지고 숨이 막힐까? 나는 행복하지 못한 듯한 자신에게 끊임없이 실망해 왔다. 회사를 그

만두고 여행을 와서까지도 나는 그저 행복해져야 한다
는 목표에 사로잡혀 있었다. 그래서 순간순간 스스로에
게 실망하거나 절망했다.

✦ 좋아하는 것들에 의지하는 행복

그 두 눈 속엔 슬픔도 있어. 그게 뭔지 알고 싶어
너의 모든 걸 감싸 안을게. 아름다워
네 상처까지도 나에게 줘. 아름다워
너의 그 존재가 아름다워
내 맘 가장자리까지 행복의 물결이 끝없이 안겨
그대 미소 마주하면 한없이 감격해. 놀라운 축복해
넌 아름다워

"맞아. 나는 그냥 행복해지고 싶어."

샤이니의 노래 「아름다워」가 나의 여행의 마지막 조각

을 맞춰주는 것만 같았다. 존재 자체의 아름다움을 느끼고, 나를 소중하게 여길 때 행복이 온다는 것. 행복하지 않은 나에게 실망하고 자책할 것이 아니라, 지금 이 순간 살아있는 나를 아름답게 바라보면 행복해진다는 것.

무엇보다 나는 음악의 위대함에 다시금 압도되고 새롭게 감탄했다. 나의 마음속에서, 머릿속에서, 그리고 삶 속에서 끊임없이 흘러나오는 노래 소리들을 떠올렸다. 나를 진정 행복하게 하는 일은 무엇일까? 끝끝내 내가 가장 사랑하는 것은 지금 듣고 있는 이 음악이었다.

그렇게 결심했다. 내가 진정으로 좋아하는 일을 찾자. 좋아하는 일을 해야 멈추지 않고 계속할 수 있다. 힘들어도 버틸 수 있다. 인생이란 결국 보드에 의지해 파도를 타고 서핑하듯, 좋아하는 것들에 의지해 난관을 넘는 과정이 아닐까. 나는 내가 사랑하는 케이팝을 들으며 귀국 비행기에 몸을 실었다. 좋아하는 일을 하지 않으면 안 되는 사람이라는 결론과 함께였다.

f(x), 샤이니

돌아가는 길, 독일인 친구가 작별의 인사와 함께 메시지를 보내왔다.

"행복을 찾으러 현실에서 도망치지 말아. 여행의 목적은 행복을 찾기 위해서가 아니야. 도망자의 삶으로부터 도망치기 위해서야!"

좋아하는 것을
살아내기

일을 재미로 한다고 말하면

3년 반을 다니던 회사를 그만두기로 결심했던 이유는 재미가 없어서였다. '회사를 재미로 다니냐'며 철없는 소리한다고 혀를 차는 분들이 있을 것 같다. 나에게 재미란 일하는 동력이고, 존재하는 이유다. 순간의 즐거움이 아니라, 삶의 철학과 같은 것이다.

음악 회사에서 일을 하면서 목표로 삼았던 건 끊임없이 새로운 일을 만들자는 것이었다. 내가 좋아하는 아티스트들을 알릴 수 있는 일이라면 무엇이든. 그런데 회사의 방향성이 달라지면서 더 이상 음악을 알리는 일을 하기 어렵게 됐다. 흔히 말하는 안정적인 대기업을 떠나 새로운 곳으로 가기로 결심한 이유다.

스타트업으로 이직해서 음악 콘텐츠를 기획하겠다고 했을 때, 모두가 나를 말렸다. 재미만 추구할 나이는 지났다, 음악은 그냥 듣고 즐기는 일로 남기면 안 되느냐는 걱정의 말들이 쏟아졌다. 나는 호기롭게 답했다. 재미있는 일 더 하고 싶으니까, 음악 관련 일을 하고 싶으니까 괜찮아요.

사람들은 재미있는 일을 선택하는 것이 철없고, 비합리적이고, 감정적인 결정이라고 비판한다. 나는 그렇게 생각하지 않는다. 오히려 정반대다. 좋아하는 것을 좇는 일은 나의 인생에서 가장 합리적이고 현명한 선택이었다.

'재미있는 일을 하고 싶다'고 확신을 갖고 말할 수 있게 된 것은 내가 이 일을 시작한 이유와 맞닿아 있다. 내가 좋아했던 아티스트를 일터에서 실제로 만났던 순간의 기억이다. 사회 초년생이었던 시절, 나는 루시드폴을 만난 적이 있다. 회사 옆 팀에서 진행하는 음악 감상회 프로그램에 루시드폴이 5집 『아름다운 날들』의 발매를 기념하며 출연하게 된 것이다. 우연히 라디오에서 노래를 들은 이후로 팬이 된 나는 반가움에 마음이 부풀었다. 내가 루시드폴의 팬이라는 걸 알고 계셨던 팀장님은 옆 팀 팀장님에게 나를 행사 보조로 쓰라고 권했다. 좋아하는 마음을 숨기지 않은 덕에 나는 스태프 목걸이를 걸고 행사에 참여할 수 있었다.

삶을 주도한다는 것

　나지막한 인사로 시작된 음악 감상회는 도자기처럼 반듯하게 말없이 앉아있는 그와 스피커를 통해 흘러나오는 그의 신곡들로 채워졌다. 관객들도 나도 눈을 감고 음악을 들었다. 순식간에 1시간이 흘렀다. 루시드폴과 대화를 나누거나 셀카를 찍었다거나 하는 이벤트는 없었다. 다만 그의 음악을 함께 들었다는 것, 다정하게 인사하는 그를 보았다는 것이 전부였다.

　그럼에도 나는 그날 밤 설레는 마음 탓에 잠을 잘 수 없었다. 내 인생에 처음으로 좋아하는 뮤지션을, 일터에서 만난 날이었다. 두근거리는 팬심만으로는 설명할 수 없는 설렘이었다. 그날 나를 잠 못 들게 만든 마음은 내가 좋아하는 아티스트를 '일'로서 만났다는 기쁨이었다. 내가 좋아하는 아티스트의 작품을 사람들에게 알리는 일에 내 손을 더했다는 사실에 나는 흥분했다.

　원래 내가 하고 있던 일은 콘텐츠를 직접 기획하기보다는 기획된 콘텐츠로 외부 기업과 제휴를 체결하고,

저작권, 계약과 관련한 문서를 관리하는 일이었다. 일과 무관한 영역에선 블로그를 운영하며 내가 너무나도 사랑하는 음악, 책, 영화에 관해 일기 같은 기록을 남기고 있었다. 어떤 날은 유치할 만큼 화려하고 복잡한 수식어로 난무한 간지러운 글을 쓰기도 했고, 어떤 날은 논문이라도 쓰듯 다양한 해외 사이트의 자료들을 번역하고 요약하고 인용한 장문의 작품 설명서를 쓰기도 했다.

솔직히 말하면, 나는 회사 일보다 블로그 작업에 더 큰 열정을 쏟고 있었다. 회사 일에도 재미와 뿌듯함이 있었지만 나에겐 그보다 조금 더 좋아하는 일이 따로 있었다. 그런 나에게 루시드폴과의 만남은 전율 그 자체였다. 좋아하는 일과 회사 일이 하나가 될 수 있었던 그 순간, 나는 오롯이 나 스스로 삶을 주도하고 있다는 기분을 만끽했다.

삶의 50퍼센트 이상을 차지하는 일을 통해서 있는 그대로의 나를 보여줄 수 있다는 것. 일 자체를 좋아해서 두근두근 가슴 뛰는 마음으로 일할 수 있다는 것. 일이 일상에 녹아들어 자연스러운 일부가 되는 것. 무언가를 이루겠다는 목표 의식이나 번듯하게 보이고 싶은 사회적 자아 때문이 아니라 진심으로 설레는 마음 때문에 일하는 것이 나에겐 더 위대하게 느껴졌다. 그때부터 나는 내가 좋아하는 것이 일이 되는 삶을 꿈꿨다.

　　나에게 꿈을 심어준 루시드폴의 음악은 감성적이지만 절제되어 있고, 진실되면서도 환상적이다. 우리 곁에서 일어나고 있는 일을 따뜻하게, 쓸쓸하게 있는 그대로 풀어낸다. 평범한 일상에 존재하는 낙관, 희망, 선의와 악의, 슬픔과 기쁨, 고립감 등이 모두 풍부하게 표현된다. 내가 루시드폴을 좋아하게 된 이유를 곰곰이 생각해 보면, 그의 노래가 우리의 삶 자체라고 느꼈기 때문이었다. 루시드폴과의 만남이 나에게 일과 삶에 대한 새로운 생각으로 이어진 것은 우연이 아닐 것이다. 그의 음악은 예술과 삶을 하나로 통합하려는 진실한 시도였다. 어쩌면 그는 음악으로 나에게 계속해서 말하고 있었는지 모른다. 일과 취미를 나누는 삶은 자연스럽지 않다고. 좋아하는 것으로 일을 해보라고.

좋아하는 것을 살아내기

"내가 좋아하는 일만은 나를 꽉 채워줄 거라고 믿었어요. 근데 잘못 생각했어요. 채워도 채워도 그런 걸로는 갈증이 가시지가 않더라고요. 목이 말라서 꾸는 꿈은 행복이 아니에요. 저요, 사는 게 뭔지 진짜 궁금해졌어요. 그 안에 영화도 있어요."

영화 「찬실이는 복도 많지」에서 주인공 찬실이는 영화에 젊음을 바쳤지만 아무것도 가진 게 없는 마흔 살이 되었다. 친한 여배우의 집에서 가사 도우미로 일하며 어떻게든 살길을 찾아보려 하던 그는 사는 것, 그리고 자기 자신에 대해 깊이 생각하게 된다. 그리고 좋아하는 일을 좇아 살아왔지만, 끊임없이 목말랐다는 사실을 깨닫는다.

좋아하는 것이 나를 구원해 주지는 않는다. 영화가, 음악이 찬실과 나를 구원해 주지는 않았다. 영화와 음악을 좋아하는 나 자신을 받아들이고, 무엇을 하고 싶은지 알고자 한다면 스스로를 구원할 수 있을지도 모른다. 결국 삶을 구원하는 건 좋아하는 대상이 아니라, 나 스스로이기 때문이다. 좋아하는 대상을 좇기만 하는 것이 아니라, 하고 싶은 것을 품은 삶을 살아내야 한다.

영화의 제목대로 찬실이는 복도 많다. 돈도 없고, 사랑하는 사람도 없고, 남의 집에 얹혀사는 신세이지만, 그는 이제 뭘 하고 싶은지 안다. 좋아하는 것이 있고, 해야 할 일이 있다. 무언가를 목표로 삼고 갈구하지 말고, 살아내자. 영화를, 음악을 삶과 함께 살아내는 것이다.

음악 감상회에서 잔심부름을 하던 보조였던 나는 이제 다양한 아티스트들이 여는 음악 행사의 모더레이터로 성장했다. 지금의 나는 선우정아, 윤석철, 한로로 등 멋진 아티스트들의 행사에서 그들과 음악에 대한 이야기를 나눈다. 평론을 하고 콘텐츠를 만든다.

일을 할 때마다, 루시드폴 음악 감상회에서 눈을 감고 음악을 들었던 순간을 떠올린다. 내가 얼마나 이 일을 하고 싶었는지, 얼마나 설레고 기뻤는지를 생각한다. 행사를 이끌 때도, 평론을 쓸 때도, 가장 좋은 것을 먼저 말하고 이 좋은 음악을 더 많은 사람들에게 알리려 노력한다. 꼬투리를 잡거나, 쌓은 지식을 뽐내려는 게 아닌, 뮤지션의 노력과 음악의 가치에 초점을 맞추며 일하려 한다. 나의 진정한 무기는 음악을 진심으로 좋아하는 마음이니까.

영원이라는
환상을 꿈꾸다

✦ 그려왔던 헤매임의 끝

2007년은 지금 생각해도 엄청난 아이돌들이 대한민국을 휩쓴 해다. 8월에 소녀시대의 「다시 만난 세계」, 빅뱅의 「거짓말」이 발표됐고, 9월에 원더걸스의 「Tell me」가 연달아 나왔다. 당시에는 소녀시대의 화력이 가장 작았다. 하지만 17년이 지난 지금도 여전히 생명력을 가지고 불리는 노래는 소녀시대의 「다시 만난 세계」다.

데뷔할 때는 '메가히트'가 아니었지만, 이렇게 오랫동안 사랑받는 노래는 드물다. 나를 포함한 리스너들에게 용기를 주는 응원가였던 이 곡은 이겨내고 성장한다는 메시지를 담은 가사로 우리 세대의 「아침 이슬」이라고 할 만한 시대적 투쟁의 곡으로 자리 잡았다. 상당한 체력을 요하는 수준 높은 안무, 다양하게 변화하는 포지션을 보여주는 고도로 설계된 퍼포먼스, 에너제틱하면서도 애틋한 멜로디는 수많은 걸 그룹들이 이 곡을 교과서로 삼아 공부하고 연습하는 이유다.

소녀시대

「다시 만난 세계」는 아이돌 예술의 변곡점이기도 하다. 시원한 고음과 애드리브가 매력적인 이 곡은 아이돌의 '라이브 실력'이 중요하다는 것을 깨닫게 해줬다. 특유의 정교하고 완벽한 '칼군무'와 무대 장악력은 소녀시대 이전까지는 남자 아이돌에게만 적용되던 기준이었다.

특히 소녀시대는 단 한 명도 겹치는 이미지가 없을 만큼 개개인의 개성이 강하게 드러나는 그룹에서도 친밀함과 완벽한 팀 워크가 가능하다는 것을 보여주었다. 소녀시대 이후, 수많은 후배 걸 그룹들이 데뷔의 성공을 넘어 장기적인 활동을 목표로 삼을 수 있게 되었다.

아이돌은 실력이 떨어진다, 여자 아이돌은 성적 매력으로 소구한다, 멤버들의 개성이 강하면 팀 워크는 떨어진다, 아이돌은 잠깐 활동하다 해체한다. 소녀시대는 수많은 고정 관념을 깨고 새로운 세상을 열어젖혔다. 그런 그룹의 데뷔 곡이 세상의 편견을 깨고 사랑으로 승리한다는 내용이라는 점은 운명 같기도 하고, 의미심

장하기도 하다.

> 알 수 없는 미래와 벽 바꾸지 않아
> 그려왔던 헤매임의 끝
> 이 세상 속에서 반복되는 슬픔 이제 안녕

이 곡은 세상에 나온 지 9년이 지난 2016년, 이화여대의 학내 시위(미래라이프대학 설립 반대 농성)에서 투쟁가로 불렸다. 이 장면은 소녀시대와 「다시 만난 세계」라는 곡의 역사에서 정점으로 기록될 것이다. 아이돌의 노래가, 메가히트하지 않은 노래가, 용기와 힘이 필요한 순간에 모두의 목소리로 불렸다는 것은 어쩌면 아이돌의 역사에서도 중요한 지점일 것 같다.

✦ 브릿팝보다 소녀시대

2007년 대학교 3학년이었던 나는 선택의 기로에 서있었다. 무언가를 만들고 그리는 것이 좋아 선택한 패션 디자인 전공에 대한 회의감, 나는 앞으로 무엇을 해야 하는가 하는 두려움과 걱정, 무작정 도망가고 싶은 마음이 겹쳐 나는 한 학기 정도를 매우 침체된 상태로 보냈다.

사실 나는 언제나 나만의 세계 속에서 살았다. 소위 오타쿠라 불렸다. 애니메이션과 판타지 소설에 빠져 살다가 이 즈음엔 브릿팝Britpop에 푹 빠져 오아시스Oasis, 블러Blur, 스웨이드Suede, 펄프Pulp 그리고 비틀즈Beatles와 에이미 와인하우스Amy Winehouse의 음악에서 헤어나오지 못했다. 우리 집은 여전히 가난했고, 무언가 새로운 것을 시도해 보거나 어디론가 떠날 수 있는 여유 따윈 없었다.

어느 날 문득 횡단보도를 걷다 뒤를 돌아보았는데, 알 수 없는 기시감이 느껴졌다. 이유를 설명하기 어렵지만 세상으로 나아가야 한다는 계시 같은 것을 받았다고 생각했다. 그 길로 유학원을 찾아가 가장 싸게 영국 런던에 갈 수 있는 방법을 물었다. '알바비가 얼마나 남았더라…' 나는 머릿속으로 남은 돈을 계산했다. 부모님이 아니더라도 친척들이 체류 보증을 서주면 갈 수 있다는 말에 당장 아빠와 고모에게 연락했다. "거기선 제가 알아서 벌어먹고 살아볼게요. 1년만 시간을 주세요." 생각보다 진지한 태도 때문이었는지 허락을 받을 수 있었다. 그렇게 아르바이트를 3개씩 하며 런던 캠든Camden의 작은 어학원을 다니는 생활이 시작됐다.

런던을 택한 이유는 그 당시 내가 너무 좋아했던 브릿팝 때문이었다. 문제는 나에겐 공연을 볼 돈이 없다는 것이었다. 아르바이트를 3개씩 했지만 런던의 비싼 물가와 집세를 감당하기에도 벅찼다. 단 한 번 내가 사랑했던 아티스트를 만난 적이 있었지만 나는 알아보지도 못했다. 캠든의 한 레코드 가게에서 에이미 와인하우스를 닮은 드랙퀸을 보고 신기해했었는데, 나중에 알고 보니 진짜 에이미 와인하우스였다.

소녀시대

브릿팝의 본고장에 왔는데, 이상하게도 브릿팝은 더 이상 나를 위로해 주지 못했다. 영국의 물가와 일에 치이면서 영어 공부에도 엄청난 스트레스를 받고 있는 나에게 영국 아티스트들의 노래는 영어 듣기 시험 같았다. 그때 나에게 힘이 되어준 건 한국을 떠나올 때 데뷔한 소녀시대의 「다시 만난 세계」였다. 노트북 배경 화면에 씩씩하게 서있는 소녀들의 사진을 깔았다. 반짝이는 아름다운 화음, 힘차고 역동적인 안무는 영국의 풍경으로 가득한 내 눈앞을 맴돌았다.

넌 생각만 해도 난 강해져
울지 않게 나를 도와줘

가사는 마치 새로운 세계에서도 살아남고 이겨낼 수 있다고, 나에게 말을 거는 것 같았다.

✦ 영원을 꿈꾸다

"소녀시대를 일로 만나게 되면 나는 은퇴할게."
업계 동료들에게 농담처럼 하는 이야기다. 상상만 해도
행복하다. 내가 기획하고 만든 콘텐츠에 내가 너무나도
좋아하는 아티스트가 나와 노래를 부르고 이야기를 나
누는 것. 프로젝트라고 부르는 건 적절하지 않다. 말 그
대로 원대한 꿈이다. 방송, 엔터 업계 사람들에게는 조
금 시시해 보일 수도 있겠다.

사실 나에게는 일을 통해 꼭 이뤄야 한다고 생각하는
목표가 없다. 그저 즐겁고 싶고 행복하고 싶고, 내가 좋
아하는 것들을 더 많은 사람들이 알아주길 바랄 뿐이
다. 어쩌면 일부러 이뤄지지 않을 일을 꿈꾸며 더 오랫
동안 이 일을 해나가고 싶은 것일지도 모르겠다. 한편
으로는 내가 사랑하고, 존경하는 이들을 일을 통해 만
나 진심이 담긴 이야기를 나누고 노래를 듣는 순간이
내가 가진 직업의 최고의 순간일 것이라 확신한다.

지금도 종종 힘이 들 때 「다시 만난 세계」를 듣는다. 그리곤 음악의 힘을 느낀다. 영국에서 나를 살게 한 것은 영국행을 결정할 만큼 사랑했던 브릿팝이 아니라, 한국의 생기 넘치는 소녀들이었다. 입사 면접을 보러 가기 전, 먼 곳으로 긴 여행을 떠날 때, 억울한 일이 있을 때, 나는 이 노래를 들었다. 원고를 쓰는 지금도 듣고 있다. 이번에도 가슴이 벅차오르면서 두근거리고 힘이 솟는다.

가수, 배우, 예능인으로 활동 중인 소녀시대 멤버들은 2022년 데뷔 15주년을 기념하며 다시 모여 컴백했다. 마치 「다시 만난 세계」의 커플링처럼 멜로디와 가사의 일부를 차용한 「Forever 1」은 소녀시대라는 그룹의 영원을 염원하게 만드는 마법 같은 곡이었다.

소녀시대는 영원이라는 환상에 가까운 꿈을 포기하지 않는다. 전에 없던 방식으로 새롭게 도전하면서, 세상의 의구심을 깨부숴 나간다. 주저하지 않고 뜨거운 마음을 있는 그대로 던져 보인다. 소녀시대를 보면서 나의 미래를 상상해 보게 된다. 나 역시 뛰는 가슴으로 도전하는 삶을 살고 싶다. 고립되지 않고, 도태되지 않으며, 나만의 길을 걸어가는 날렵한 사람이 되길. 내가 사랑하는 음악의 곁에 늘 머물 수 있길.

성실하게
열망하기

야심 찬 계획이 실패한 이유

"콘텐츠 그냥 중단하자."

"이제 겨우 4회인데요?"

유튜브 시리즈 '음악을 탐구하는 사람들, 음탐사'는 내가 만든 최고이자 최악의 작품이다. 4회 만에 종영되는 수모를 겪었지만, 내가 좋아하는 모든 것을 집어넣은 기획이었다. 진행자는 개그맨 이용진, 배순탁 작가, 래퍼 퀸와사비였고, 새소년의 황소윤, 비비, 김사월, 코드쿤스트가 게스트로 출연했다. 방영된 2020년 당시에도 충분히 화려한 라인업이었다.

내가 하고 싶었던 건 예능과 음악 교양을 합친 새로운 콘텐츠였다. 재미있게 음악을 이야기하는 코미디를 원했다. 친분이 있었던 PD님께 히트 예능 프로그램을 다수 배출한 작가님을 소개받았고, 없는 예산에 소품을 직접 만들어 가며 촬영했다. 예산도, 명성도 없는 프로그램에 출연자들을 모시려고 읍소에 가까운 부탁을 해가며 프로그램을 만들어 나갔다.

그런데 그게 전부였다. 단 4회 만에 방송은 종영됐다. 나의 첫 본격 음악 예능은 그렇게 막을 내렸다. 한동안 허탈감에 새로운 콘텐츠를 기획할 수가 없었다. 사실은 내가 봐도 생각만큼 재미있는 콘텐츠가 아니었다. 분명 열심히 준비했는데, 왜 이렇게 됐을까? 기획 자체는 좋았다. 예능과 아티스트, 음악 이야기가 함께하는 프로그램은 지금도 흔치 않다. 내부에선 제작비와 시간이 부족했다고 결론 내렸지만, 완전히 납득하지는 못했다.

가수 테이와 함께 만든 '음악 텐트'라는 예능도 있었다. 적은 제작비로 모든 에피소드를 야외 촬영한다는, 이번에도 야심 찬 계획이었다. 어떤 날은 너무 더워 더위를 먹고, 다른 날은 폭우가 쏟아서 촬영이 중단됐다. 스트레스로 5킬로그램이 빠지고 급성 위염을 앓을 만큼 고생했지만, 역시 실패했다. 대형 프로덕션과 큰 규모의 제작비로 만든 콘텐츠들도 생각만큼 결과가 나오지 않기 일쑤였다.

좋은 콘텐츠란 뭘까? 조회 수가 많다, 확실한 코어 팬을 만든다, 업계의 좋은 평가를 받는다, 수익을 창출

한다···. 열거하자면 정말 많겠지만, 회사에 소속되어 콘텐츠를 만들고 있는 직업인으로서는 조회 수나 수익 같은 정량적 기준이 중요할 수밖에 없다. 아무리 짧은 콘텐츠라 하더라도 수백, 수천만 원의 제작비가 투입되는 상황에서 측정할 수 있는 결괏값이 없다면, 다음 콘텐츠를 만들 수 없다.

나의 야심 찬 기획이 실패했던 건, 결국 그 야심 때문이었다. 회사에서 만드는 콘텐츠에 나의 비대한 자아를 밀어넣은 것이다. 많은 사람들이 보는, 돈을 버는 콘텐츠를 만들고 싶다는 생각에 기존에 없었던 음악 예능을 해보겠다는 야심이 더해지면서 콘텐츠는 길을 잃었다. 내가 아무리 노력을 하고 피, 땀, 눈물을 쏟는다 해도 그 많은 의도를 구현해 내기는 쉽지 않았다.

의도했지만 의도대로 된 것은 거의 없었다. 복잡하게 머리를 써 기획한 의도로 범벅이 된 콘텐츠는 현실의 벽에 무너지고 말았다. 힘이 잔뜩 들어간 나는 유연하게 대처하지 못했다.

내가 만든 콘텐츠들을 둘러보며 마우스 스크롤을

내리다 보니, 어느 새 조회수 300만 회를 넘은 콘텐츠들이 보인다. 그때는 분명 반응이 별로 없었는데. 어떤 알고리즘의 축복을 받았는지 뒤늦게 꽤 많은 사람들이 이 콘텐츠들을 본 것이다. 열심히 기획하고 의도했지만 만족할 만한 결과는 없었다고 생각했는데, 콘텐츠들은 나름대로 성공을 향해 나아가고 있었다. 실패라고 결론 내렸던 콘텐츠 옆의 300만이라는 숫자를 보며 나는 묘한 기분에 사로잡혔다.

의도하지 않고, 꾸준하게

실패란 뭘까? 목표를 달성하지 못한 것? 지속하지 못하고 중단한 것? 실패를 한 문장으로 정의 내리기는 쉽지 않다. 그럼에도 우리는 실패를 확신하게 될 때가 있다. 이유를 명확하게 대긴 어렵지만 온몸으로 느껴지는 순간 말이다. '아, 나는 망했구나'하는.

내가 확신한 첫 실패는 전공이었다. 대학을 졸업한

뒤, 나는 전공으로부터 도망쳤다. 무언가를 만드는 것을 좋아해서 패션 전공을 택했다. 졸업할 무렵엔 나름대로 주목받는 패션 회사에서 인턴 생활을 했다. 마치 옆을 보지 못하는 경주마처럼, 주어진 일에만 집중하며 열심히 살았다. 패션 회사의 인턴이라면 수행해야 하는 마네킹 역할을 잘해내기 위해 5킬로그램이나 감량했을 정도다.

그렇게 일 잘하는 인턴이 되고 싶었는데, 이상하게도 나는 계속해서 흥미를 잃어갔다. 마른 몸에 집착하는 내 모습이 싫어졌고, 획일화된 기성품을 만드는 패션 비즈니스를 좋아하지 않는다는 사실도 깨달았다.

내 꿈은 무언가를 만들어 내는, 창조하는 사람이었다. 패션 분야 자체에 대한 관심은 별로 없었다. 단지 만드는 일을 하면서도 경제적으로 힘들지 않을 만한 분야를 찾은 결과가 패션이었다. 1년이 넘도록 평일 내내 야근을 하고, 고된 다이어트를 하며 인턴 생활을 했지만 결국 그만둔 이유다.

막상 도망치고 보니 막막했다. 학창 시절을 모두 바

친 전공을 버린다는 결정의 무게는 생각보다 무거웠다. 패션 회사 외에는 구직 활동조차 해본 적 없는 내가 앞으로 뭘 할 수 있을까? 세상에서 버려진 느낌에 실패자라는 기분까지 밀려왔다.

불안과 걱정에서 나를 구원해 준 것이 블로그였다. 좋아하는 게 있으면 끝까지 파는 성격 탓에 공부를 하며 알아낸 것들을 정리해서 블로그에 올리곤 했다. 음악의 연대기, 그림의 역사, 감독의 히스토리, 작가의 취향 등 나는 내가 알아낼 수 있는 것은 모두 글로 썼다. 대학 졸업 이후 운영해 온 블로그는 조금씩 관심을 받고 있었다. 파워블로거까지는 아니어도 방문자 수가 꽤 있었고, 네이버 메인에도 자주 올랐다. 이 블로그를 통해 처음으로 공적인 글쓰기를 시작할 수 있었다. 『한겨레』 신문의 오피니언 페이지에 영화에 대한 글을 연재하게 된 것이다. 내 블로그를 구독하던 구독자를 통해 대기업의 문화 콘텐츠 기획자 자리를 제안받기도 했다.

잘될 것 같은 곳을 찾았는데, 결과는 실패였다. 특별한 목표 없이 좋아서 했던 일들은 나에게 새로운 세상을 열어주었다. 내가 주변 사람들에게 "무엇이든 꾸준히 해보세요"라고 조언하는 이유다. 그럴 때마다 "아무거나 한다고 뭐가 되나요?" 하는 반문을 듣곤 한다. 무언가를 전략적으로, 제대로 골라야 하는 것 아니냐는 얘기다. 하지만 나는 정말로 무엇이든 꾸준하기만 하면 결과를 낼 수 있다고 믿는다. 바로 내가 그 가설을 입증하는 산증인이니까.

나의 뮤지션 친구들

유난히 피곤했던 늦여름, 퇴근하고 축 늘어져 있다가 불현듯 복숭아가 떠올랐다. 친한 친구가 복숭아 철이라며 보내준 천도복숭아가 냉장고에 있었다. 여름의 달콤함을 담고 있는 복숭아를 한 입 베어무니 끝나가는 여름이 제대로 마무리되는 느낌이 들었다.

복숭아를 보내준 친구는 아티스트다. 1집을 발매하면서 내가 기획한 콘텐츠에 출연했었다. 당시 소속사가 없어서 직접 카톡을 주고받으며 어색하게 콘텐츠 이야기를 나눴던 기억이 난다. 콘텐츠에 출연해서는 내가 가장 좋아하는 곡을 불렀다. 나는 그의 음악을 소개하는 글을 썼다. 무명의 신인이었던 그는 지금 유명한 뮤지션이다. 나는 곧 새로 나올 그의 싱글 앨범 라이너 노트를 쓰고 있다. 그는 아티스트의 자리에서, 나는 콘텐츠 기획자의 자리에서 각자의 일을 하며 동료이자 친구로 지내고 있다.

엔터테인먼트 업계에서 일하다 보니, 친한 연예인이 있냐는 질문을 받게 된다. 실제로 업계에선 유명인들과 친해지려고 노력하는 사람들도 많다. 술자리를 갖고 비위를 맞춰주거나, 인맥을 권력처럼 과시하고 신인을 무시하는 사람들도 적지 않다. 술도 잘 못하고, 시끄러운 곳도 별로 좋아하지 않는 전형적인 I형 인간인 나는 어쩌면 엔터 업계에선 성공하기 어려운 사람이다. 아웃사이더가 된 것 같은 느낌을 받을 때도 많다. 그럼에도 콘텐츠를 만들고, 글을 쓰면서 인연을 맺은 사람들과는 자연스럽게 친구가 되었다. 인맥 관리 같은 건 생각한 적도 없지만, 일을 하는 동안 친구들을 만나게 되었다.

내가 만든 콘텐츠를 좋아해 주고, 나에게 먼저 연락을 주는 고마운 인연들이다. 나의 글을 읽고 감동받아 울었다던, 작품을 빛나게 해주고 의도를 정확히 표현해 줘서 고맙다고 말해주는 사람들. 오늘도 지난 앨범의 라이너 노트를 썼던 밴드가 새로운 앨범의 라이너 노트를 다시 부탁하고 싶다는 메시지를 줬다. 지난 글이 마음에 들었고, 그 이야기와 세계가 자신들의 앨범 속에서 계속 이어지길 바란다고 했다. 이메일을 읽다 마음이 뭉클해졌다. 고마운 나의 뮤지션 친구들. 그들이 나를 찾아주고 발견해 주고 고마워해 주고 좋아해 줘서 다시 한 번 너무 고맙다.

종종 일기를 쓰고, 가끔 다시 들춰본다. 일기 속에서 만나는 나는 실패에 움츠러들어 있기도, 새로운 도전에 신이 나 있기도 하다. 그래도 일기는 늘 '괜찮아질 거야'로 끝을 맺는다. 성실하게 해나가다 보면 좋은 인연을 만나고, 기회를 얻고, 한 걸음 나아갈 수 있다고 믿고 있어서일 것이다. 어쩌면 이 연약한 삶의 태도가 지금의 나를 만들어 온 것 같기도 하다.

오늘도 망하고, 실패하고, 넘어지고, 상처받는다. 그럼에도 계속 일어나고, 새로운 것을 기획하게 되는 이유는 무엇일까? 대단한 끈기나 투지를 갖고 있어서는 아니라고 생각한다. 그저 평범하게 생활하면서 내가 만드는 것들을 사랑하고 싶다는 마음, 그 성실한 열망 덕분일 것이다.

스텔라장

삶의 모든 것은
밸런스를 찾는 문제야

✦✦ 오늘의 조각이 삶의 동력이다

글을 쓰고 있는 오늘은 월요일이다. 월요일은 항상 피곤하다. 집에서 꽤 멀리 떨어져 있는 회사에 가는 행위만으로도 피로 그 자체다. 두 번 환승해야 하는 한 시간 거리를 운동하는 기분으로 다녀야지 했던 초심은 첫날부터 무너졌다. 이 회사에서 일한 지 1년이 넘어가는 이 시점에도 나는 출퇴근의 굴레를 한탄한다. 출퇴근의 고통을 생각하다 보니, 쌓여 있는 할 일, 쏟아지는 잠, 다친 발목의 더딘 회복까지 떠오른다.

새로운 글을 쓰는 게 쉽지 않다. 뾰족한 수는 없고, 그냥 어떻게든 시간을 들여야 한다. 잘하고 싶은 것도, 그냥 하고 싶은 것도, 반드시 해야 할 것도 많은데 내 맘대로 되는 건 잘 없는 기분이다. 그래도 반복되는 삶의 힘을 믿어본다. 천천히 조금씩 앞으로 나아가고 있을 거야.

굴레에서 벗어나려고, 루틴을 만들어 보고는 있다. 매

일 20~30분씩 스트레칭과 근력 운동을 한다. 주말엔 요가 수련을 다녀온다. 영어 공부, 일어 공부도 하고 있다. 2주 하다 며칠 쉬고, 150일을 넘겼다가 무너지기를 반복하고 있지만 말이다. 내 몸에 달라붙는 루틴을 만들려면 얼마나 시간이 걸려야 할까? 김연아처럼 "무슨 생각을 해? 그냥 하는 거지."의 경지에 오르려면 얼마나 노력해야 할까?

"그냥 그날의 작은 조각들, 사소한 것들이 동력이 돼요. 멀리서 보면 안 돼요. '내일 뭐 시켜 먹지?' 같은 걸 생각하는 거죠. 체크리스트도 만드는 편이에요. 만약 너무 먹고 싶은 게 있는데 지금 배달이 안 되면 내일 이거 꼭 시켜 먹어야지 써두는 거죠. 예를 들면 「듄2」를 너무 재밌게 봤어요. 그러면 「듄3」가 나올 때까지는 살아있어야지 다짐해요. 내가 좋아하는 것들의 다음을 보기 위해서, 내가 좋아하는 음식을 한 번 더 먹기 위해서 그런 사소한 것들이 삶의 동력인 것 같아요."

싱어송라이터 스텔라장과의 인터뷰에서 그가 나에게 알려준 하루하루를 힘내서 살아가는 방법이다. 요즘처럼 삶의 루틴, 삶의 동력에 대해 생각하는 시기가 오면 나는 그의 말을 곱씹어보게 된다.

✦ 일상이 뮤즈가 될 때

스텔라장과의 인연은 조금씩 쌓여왔다. 내가 제작했던 팟캐스트 프로그램 「치즈의 무드인디고」에 게스트로 출연했고, 나의 장기 프로젝트였던 뮤지션 라이브 클립 프로젝트 「스테이지 앤드 플로Stage&FLO」에 출연해서 신곡 「Blue Turns Pink」를 밴드 세트로 공연하기도 했다. 하지만 대부분 촬영 종료와 함께 사라지는 그와 따로 사담을 나누거나 할 시간은 없었다. 현장에서 각자의 일에 집중하느라 서로의 존재 정도만 알아차리고 눈인사를 나눈 정도였다.

이직을 하고 지금의 직장에서 새로운 음악 콘텐츠를 기획하면서 그와 다시 만났다. 브랜드와 아티스트의 컬래버레이션을 통해 라이브 클립을 제작하는 일이다. 기획회의를 하던 중 이번 프로젝트에 어울리는 아티스트로 스텔라장을 추천했고, 만장일치로 우리는 그를 섭외하기로 했다.

다시 만난 그는 '슈나우저 블랑쥬리'라는 회사를 설립하고 대표가 돼 있었다. 대표로서 직접 회의에 참여하고 콘텐츠 기획부터 사소한 수정까지 의견을 냈다. 나는 자연스레 그와 더 많은 시간을 보내게 되었다.

지극히 개인적인, 하지만 모두가 놓쳐선 안 될 것들에 대해 노래하는 스텔라장. 그의 음악은 사랑스러움과 절제, 아름다움과 냉소 등 양가적인 감정을 품고 있다. 스텔라장 하면 따뜻하고 포근한 난색이 먼저 떠오르지만 가끔은 시니컬한 푸른 빛이 비치기도 한다. 아티스트로서 한 사람으로서 고민하고 타협하기도 하는 인간미도

스텔라장

보인다. 매 순간 탐구하고 기록한 일상을 하나하나 모아 음악을 꾸리고 자기 자신을 완성해 가는 아티스트다.

그와 조금은 더 가까워진 뒤 신곡 「I CAN DO THIS EVERY DAY」의 발매에 맞춰 인터뷰를 했다. 그가 가장 집중하는 것은 매일의 루틴을 지키고 삶의 밸런스를 구축하는 일이라고 했다. 그에게 루틴은 딱딱한 틀에 자신을 밀어넣고 평가하는 것이 아닌, 스스로를 사랑하고 보살피고자 하는 애정의 규칙이었다.

아기자기한 신곡 속에 다양한 빛깔로 색칠된 세상을 녹여낸 그는 새로운 곡만큼 다양한 삶의 방식에 대해 이야기했다. 새로운 싱글 「I CAN DO THIS EVERY DAY」에서 노래하는 유쾌한 일상 속에는 섬세하게 짜인 하루의 계획을 실행해 내는 기특한 우리가 있다. 그의 사무실에서 마주앉은 우리는 2시간이 넘도록 하루를 뿌듯하게 보내는 방법에 대한 이야기를 쌓았다.

스텔라장은 아티스트로서 자신에게 영감을 주는 뮤즈로 일상을 꼽는다. 일상의 위대함을 알고, 작은 루틴을 지켜나가는 멋진 사람 장성은, 스텔라장의 노래는 거대한 무언가를 그리기보다 우리 일상의 보편적인 나날을 이야기할 때가 많다.

일상의 소소함과 창작의 거대함 사이에서 그는 어떻게 줄타기를 하고 있을까? 어릴 때부터 사랑했고 지금도 가장 좋아하는 대상이라는 음악이 일상과 맞물리는 삶을 어떻게 살아내고 있을까? 나는 그에게 좋아하는 대상이 일이 되었을 때 삶의 밸런스를 맞추는 방법에 대해 물었다.

"나는 이걸 좋아하는 사람이라는 것을 끊임없이 상기하지 않으면 결국 불행해지는 것 같아요. 무대에 올라가는 것도 마찬가지예요. '나를 불러준 사람들이다, 이게 마지막일 수도 있다, 진짜 최선을 다해야지.' 이런 생각으로 활동을 하고 있어요.

하지만 이렇게 좋아했던 일인데 안 좋을 때도 있어요. 그럴 땐 이 일을 선택한 것에 회의를 느껴서 계속 질문을 던져요. 결국 '내가 이 일을 왜 시작했을까?'라는 질문에 도달하죠. 나는 그냥 노래 부르는 걸 진짜 좋아했던 것 같다는 생각이 들면서 그게 방구석이든, 무대 위에서든, 다 똑같다고 생각하려고 해요. 실제로도 저는 집에서 노래를 많이 하거든요. '나는 이렇게 노래하는 걸 좋아하는데 이걸로 돈도 버네? 너무 행운이다.' 이러면서 감사하는 마음을 잊지 않으려고 해요."

✦ 좋아하는 것을 일로 해내기 위해서

나는 좋아하지 않는 일을 잘해내지 못하는 성격이다. 다양한 일의 파도 위를 넘나들다 좋아하는 일들을 발견했고, 우연처럼 지금의 일을 하게 됐다. 물론 내가 꼭 좋아하는 일만 할 수 있었던 건 아니다. 좋아하지 않지만 평탄한 일을 선택해 본 적도 있고, 좋아하는 일을 하려

고 도전했다 실패하기도 했다. 미술, 웹툰과 관련한 일
에 도전해 보기도 했지만 음악의 곁에서 가장 행복하게
일할 수 있었다.

좋아하는 일을 하게 된 지금, 이상하게도 내 마음속에는
감사만큼 큰 불안감이 있다. 나의 미래가 불안하다. '내
가 좋아하는 이 일을 언제까지 할 수 있을까?'라는 질문
은 늘어가는 나이의 무게에 따라 중압감이 되었다. 다른
업계에 비해 평균 연령이 낮은 편인 음악 콘텐츠 업계
에서 살아남으려면 나는 어떠한 노력을 해야 할까. 그런
걱정들은 나를 한탄하는 사람으로 만들었다. 내 자리에
서 열심히 잘 살고 있는데 나는 왜 이리 초조할까 궁금
해졌다. 나의 궁금증에 스텔라장은 이렇게 답했다.

"도파민을 얻는 시스템 자체가 무언가 성취를 했을 때
보상을 얻으면서 돌아가는데, 그게 지속되면 별로 건강
하지가 않다고 하더라고요. 왜냐면 우리가 그만큼 성취
하지 못했을 때 무기력에 빠질 수 있다는 거예요. 예를

들어 큰 상을 받았어요. 그런데 다음 해에 아무것도 받지 못하면 과거에 받았던 기억 때문에 괜히 슬퍼질 수도 있잖아요. 오히려 아예 못 받았을 때는 별 생각이 없었을 텐데요. 그런 것에 의미를 두지 않으려고 노력해요. 큰 성취를 이룬 사람들이 그 후 더 큰 성취를 하지 못해 우울해지는 경우가 있잖아요. 과정을 즐기는 사람이 결국에는 승자라는 생각을 해요. 진부한 얘기지만 과정이 재미있어야 하는 것 같아요.

오늘 바로 어떤 결과를 내지 못했어도 과정 자체에서 도파민이 나올 수 있는 시스템을 만들어야 하는 거죠. 저는 가수가 직업이고 경제 활동이기에 이 밸런스를 찾는 것이 너무 중요한 것 같아요. 삶의 모든 것이 그 밸런스를 찾는 문제인 것 같기도 하고요."

머리를 한 대 맞은 듯 눈이 번쩍 뜨이는 이야기였다. 삶의 모든 것이 밸런스를 찾는 문제다. 나는 좋아하는 일을 하고 있으면서, 그토록 원하던 일을 하고 있으면서 왜 더 많은 것을 바라고 높은 곳과 비교하며 스스로의 가치를 깎아내고 있는 것일까. 나는 그의 건강한 생각에 공감하고 다시 한 번 나의 자리에 감사했다. 그동안 이 자리를 찾고 지키기 위해 노력한 나에게 고생했다고 말해주고 싶었다. 그리고 스스로를 안아주고 싶었다.

그는 나에게 무기력을 극복하는 가장 효과적인 방법이 자기 자신을 칭찬하고 과하게 뿌듯해하는 것이라고 말했다. "세상에 헛되이 보내는 하루란 없어요." 가볍게 웃어보이는 그의 얼굴을 보며 스스로를 탓해온 나 자신에게 미안한 마음이 들었다.

"그날 하루를 열심히 못 살았어도 어쩔 수 없다고 생각해요. 어차피 더 열심히 살았다고 해서 내가 원하는 것에 당장 닿을 수 있다는 보장도 없다고 생각하니까. 그래, 아무것도 나에게 달려 있지 않으니까 그냥 적당히 나의 페이스대로 너무 지치지 않는 선에서 그냥 재밌게 살아야겠다. 그렇게 생각해요."

스텔라장

좋아하는 것이라도 일이 되니 피곤하고 힘이 들 때가 있다. 좋아하는 것으로부터 스트레스를 받는다는 사실에 슬퍼질 때도 있다. 순수한 유희를 빼앗긴 것 같은 기분이 들기도 했다. 하지만 한 발짝 떨어져 삶을 되돌아봤을 때 '나 정말 열심히 살았잖아.' '나 잘했어'라는 칭찬은 충분히 할 수 있다. 좋아하는 일이라 해서 항상 행복하고 즐거울 수만은 없겠지만 훨씬 더 다채로운 행복을 느끼며 살 수 있게 된 것만은 분명하다.

좋아하는 대상이 일이 되는 건 좋아하는 마음을 잃어버리는 불행이 아니라, 좋아하는 마음으로 생산적인 활동을 할 수 있는 축복이다. 스텔라장을 만나 다행이다. 일상을 다시 보고, 좋아하는 것을 대하는 태도를 바로잡을 수 있게 해준 사람이니 말이다.

스텔라장을 만난 것만으로도 나는 나의 직업에 감사하며 뿌듯해할 수 있었다. 누군가의 가치관과 생각을 깊이 들여다보는 대화 속에서 내가 고뇌하던 것에 대한 답을 찾을 수 있는 나는 얼마나 행운아인가.

"과하게 뿌듯해하라"던 그의 조언은 노력하지 않아도 된다는 말이 아니었다. 내가 해온 것, 나의 하루를 되돌아보면, 언제든 뿌듯해할 일을 찾을 수 있다는 말이었다. 헛된 하루는, 헛된 삶은 없는 거니까.

스텔라장

깊이에 관하여

마음을 표현하는 것만으로도

음악 평론가로 글을 쓰는 일을 하고 있지만, 내가 쓴 글의 전문성에 대한 의문은 쉽게 사라지지 않는다. 처음 한국대중음악상 선정위원이 됐을 때는 두렵기까지 했다. 만나는 평론가들과 기자들에게 같은 질문을 했다. "어떻게 하면 음악적 지식이 많이 늘어날까요? 음악의 역사는 어떻게 공부해야 하나요? 악기나 장르에 대해 스킬풀skillful하게 글을 쓰려면 어떤 부분을 보강해야 할까요?" 쏟아낸 질문에 대한 답변은 받아쓰기를 하듯 스마트폰 메모장에 빽빽이 기록해 두었다. 추천받은 책을 읽으며 공부했다. 음악의 역사나 장르에 대한 책들로 내 방 책장의 한 섹션이 만들어질 정도였다.

내가 만나는 평론가들과 심사위원들은 대부분 걸어다니는 백과사전 같은 분들이었다. 노래 한 곡을 들으면 관련 역사와 영향 받은 아티스트들을 버튼이라도 누른 것처럼 쏟아내는 분들. 나 역시 같은 일을 하는 사람이라는 것을 잊을 만큼 감탄할 수밖에 없었다. 한편으론 초조해지기도 했다.

무언가 더 거창한 글을 쓰고 싶었다. 촌철살인의 메시지로 사람들의 뇌리에 남고 싶었다. 나는 여전히 내 글이 가볍다고, 멋이 없다고 생각하곤 한다. 끊임없이 질문하게 된다. 내가 쓴 글은 깊이가 부족한 것 아닐까?

영화 평론가이자 감독인 푸랑수아 트뤼포François Truffaut는 영화와 더 가까워지기 위해 ① 많은 영화를 보고 ② 영화를 만든 감독의 이름을 적어보고 ③ 내가 감독이라면 어떤 선택을 했을지 생각해 보았다고 했다. 흔히 '영화광의 3단계'로 알려지면서 감상-비평-제작의 순서로 좋아하는 사람들의 깊이가 깊어진다는 의미로 해석되는 이야기다. 그에 따르면, 나는 아직 1단계에 머물러 있는 것 아닐까 생각한다.

솔직히 말하면, 내 글은 '내 맘대로' 쓴 결과물이다. 어쩌면 그다음 단계로 발전하지 못했기 때문에 자포자기한 상태로 멋대로 쓰고 있는 것인지도 모르겠다. 하지만 아무리 생각해 봐도, 나는 비평보다는 감상에 초점을 맞추는 편이 좋았다.

"음악을 잘 감상하고 그 마음을 그림 그리듯 생생하고 아름답게 표현하는 것, 그리고 이 음악을 너무나도 좋아한다는 게 느껴지는 것, 그것이 혜림 님 글의 장점이에요."

한 평론가님이 나에게 해주셨던 말씀이다. 그 이야기가 내 머릿속을 뒤덮고 있던 단단한 껍질 하나를 깨줬다. 그저 보고 느끼는 것만으로, 감상을 온전히 표현하는 것으로도, 사람의 마음을 움직일 수 있다. 어쩌면 그것은 나만이 할 수 있는 일일지도 모른다.

우리가 실제로 느끼는 모든 것들

"혹시 직접 만나서 이야기해 볼 수 있을까요?"

엔터테인먼트 업계에 발을 디딘 지 몇 년 되지 않았을 때, 나는 회사에서 첫 인터뷰 제안을 받았다. 대상은 경연 프로그램 「슈퍼스타K」로 이름을 알린 팀 투개월의 여성 보컬 김예림이었다. 그때 나는 처음 인터뷰 영상을 제작하는 초보자의 입장으로선 정말 큰 용기를 내어려운 부탁을 했다. 아티스트를 따로 직접 만나본 뒤, 인터뷰 여부를 결정하게 해달라는 것이었다.

이전까지 내가 한 일은 1~5분 미만의 숏폼 콘텐츠를 수백 편 만드는 것이었다. 숏폼 콘텐츠가 트렌드이기도 해서 지시를 받아 만든 것도 있지만, 심도 깊은 이야기를 만들어 내기엔 제작자로서의 내가 부족하다는 생각 때문이기도 했다. 오랜만에 컴백하는 한 뮤지션의 신보를 심도 깊게 소개하는 긴 분량의 인터뷰를 제안받았을 때, 고민할 수밖에 없었다.

게다가 김예림은 4년간의 공백을 깨고, 림킴이라는 새로운 이름으로 지금까지 하지 않았던 아주 새로운 형태의 음악을 준비하고 있다고 했다. 내가 초보인 것을 떠나, 내가 먼저 새로워진 그를 제대로 알고 진심으로 마음이 동해야 한다고 생각했다. 바로 그 마음에서 깊이 있는 콘텐츠가 나올 것 같다고 생각했다. 무례한 요청일지도 모른다는 것을 알면서도 따로 만나자는 요청을 한 이유다.

림킴은 흔쾌히 제안을 받아주었고, 나는 인터뷰 전에 그를 먼저 만나 편안하게 이야기할 수 있었다. 신곡 「SAL-KI(살기)」로 그는 자신이 목표하는 것을 위해 칼을 갈며 도전하는 마음가짐을 담았다고 했다. 과거의 김예림을 마주하고 승부수를 던지는 듯했다. 일렉트로닉 사운드와 힙합 비트를 품은 낯설고 날카로운 그의 신곡을 함께 듣고, 3시간 남짓한 대화가 끝나자 확신이 들었다. 이 인터뷰 콘텐츠는 내가 직접 만들어 보겠다고. 반드시 내가 해내겠다고 말이다.

지금 생각하면 철없는 행동이었다. 아티스트를 직접 만나 이야기를 나눠보고 인터뷰 콘텐츠를 만들지 말지 결정하려 했다니. 촬영이 끝나고 림킴에게 왜 그런 부탁에 응했는지 물었다. 완전히 달라진 모습으로, 익숙하지 않은 음악과 메시지로 컴백하면서 사람들의 반응이 궁금했었다고 했다. 그 이야기를 먼저 나누려는 인터뷰어의 마음이 자신의 마음과 연결된 것 같아 기뻤다는 게 그의 답변이었다.

3일간 작업한 나의 첫 인터뷰 콘텐츠는 15분으로 편

집돼 유튜브에 공개됐다. 영상에는 순식간에 1000개가 넘는 댓글이 달렸다. 사람들은 그의 새로운 변화를 지지하고 응원했다. 우리의 인터뷰는 억지스럽지 않게 가장 개인적인 이야기를 꺼낸 그의 음악 같았다. 자극적인 편집이나 화려한 영상미 대신 있는 그대로의 모습을 진솔하게 담았다.

"우리는 서로의 용기가 될 거야." 업로드된 날, '좋아요'를 가장 많이 받은 댓글이었다. 인터뷰를 준비하며 나와 림킴이 서로에게 느낀 감정이 그대로 담겨 있어 놀랐다. 4년 만의 컴백으로 완전히 달라진 모습을 선보여야 하는 그와 첫 인터뷰로 깊이를 담아내고 싶었던 나는 서로에게 용기를 주는 존재였다. 우리가 실제로 그런 감정을 느꼈기 때문에 영상을 본 시청자들이 같은 마음으로 연대할 수 있었다고 생각한다. 이 인터뷰를 계기로 말하는 사람과 듣는 사람의 감정을 그대로 느낄 수 있는 인터뷰야말로 깊이 있는 콘텐츠라고 믿게 되었다.

깊이는 강요할 수 없다

파트리크 쥐스킨트의 단편 소설 「깊이에의 강요」는 '당신에게는 애석하게도 깊이가 부족합니다'라는 평가를 받은 젊은 화가가 골똘히 그 말의 뜻을 생각하는 것으로 시작된다. 그녀는 그 말을 들은 이후로 그림에 손을 대지 못한다. 머릿속은 오로지 한 가지 생각, '왜 나는 깊이가 없을까?'로 채워졌다. 그녀는 미술관을 돌아다니며 걸려 있는 작품이 깊이가 있는지를 묻고 다니다 결국은 자신의 작품을 갈기갈기 찢고 좌절감에 자살한다.

미술을 전공하고 있던 대학생 때 이 소설을 읽고, 모호하기만 한 예술적 깊이에 대해 오랫동안 고민했었다. 지금도 내 글의 깊이를 고민하고, 부끄러움을 느끼기도 하지만, 한 가지는 확실해졌다. 깊이가 무엇인지를 단 하나의 기준으로 재단할 수는 없다는 사실이다. 누군가에겐 새로운 정보를 담은 날카로운 문장이 깊이일 수 있지만, 나에겐 아니다. 내가 느낀 감정을 읽고 보는 사람이 그대로 느낄 수 있도록 하는 것이 내가 생각하는 깊이다.

내가 음악을 좋아하는 이유는 3~4분이라는 짧은 시간에 듣는 사람의 수만큼 다양한 느낌을 줄 수 있다는 점 때문이다. 만드는 사람의 의도도 중요하지만, 듣는 사람의 느낌이 결국 음악의 가치를 결정할 수 있다는 사실에 늘 감동한다. 모두에게는 각자의 삶에 소중한 배경 음악이 되어주는 곡들이 있다. 그런 곡에 대한 감상을 평론가라는 이름으로 감히 평가할 수는 없다.

나 역시 한 사람의 음악 팬으로서, 평론 일을 하는 직업인으로서, 나만의 솔직한 감상을 전달하려 노력하고 있다. 꾸밈이나 억지 없이, 솔직한 마음을 설득력 있게 표현해 내는 것만이 내가 할 수 있는 일이라 생각한다. 그 과정에서 중요한 것은 아티스트의 열정과 음악의 가치와 음악 팬들의 감상에 대한 존중일 것이다.

우리 자신이
레퍼런스가 되는 거죠

✦ 새로운 시대를 열다

다들 어디에 숨어 있었던 걸까? 공연장에 갈 때마다 생각한다. 나와 같은 것을 좋아하는 타인들이 신기하다. 누구인지도 모르는 우리만을 위해 노래를 불러주는 아티스트는 또 어떻고. 낯선 사람들이 모여서 가장 완벽하게 연결되는 이 신비로운 순간은 사랑의 축복이라고밖에 표현할 길이 없다.

코로나 사태를 지나며, 우리는 도서관에서 읽었던 오래된 까뮈의 소설 「페스트」를 현실로 살아냈다. 조금은 지루하고 평범했던 삶조차 그리운 추억거리가 됐고, 다시 오지 못할지도 모르는 불확실한 미래가 됐다. 그때 나는 낯선 사람들이 하나가 되는 공연장의 마법을 떠올렸다. 지루한 삶에서 잠시나마 무한한 정열과 사랑을, 심지어 종교에 가까운 구원을 경험했던 순간을 떠올렸다. 공연이 있다는 건, 한 달을, 한 해를 견뎌낼 용기를 준다. 나는 불확실성 속에서도 공연장을 꿈꿨다.

나에게는 불안 정도로 묘사될 이 순간들이 아티스트들에게는 절망이었을 것이다. 코로나로 수많은 공연이 취소됐고, 아티스트들의 생계는 위협받았다. 생계를 넘어 스스로의 존재를 증명하는 수단이 사라졌으니 얼마나 고통스러웠을까. 유튜브나 인스타그램으로 온라인 공연이 열리기도 했지만, 공연장에 가본 사람들은 안다. 공연이 시작되기 전의 어둠 속에서 마른 침을 삼키며 기대와 긴장을 공유하는 관객들, 그 순간의 냄새와 온도와 습도, 공연이 시작되는 순간 음악에 맞춰 비처럼 쏟아지는 조명으로 눈앞이 아득해지는 설렘은 온라인으로 구현하기 어렵다.

그럼에도 팬과 아티스트, 공연장이라는 그리움의 삼각관계를 연결할 방법은 필요했다. 운 좋게도 나는 재직 중이던 기업의 사회 안전망 프로젝트 일환으로, 「스테이지 앤드 플로: 홍대를 옮기다」라는 콘텐츠를 기획했다. 언제 어디서나 홍대 공연장의 열기를 느낄 수 있도록 새로운 음악 소비 형식인 랜선 콘서트로 100팀을 촬

실리카겔

영하는 기획이었다.

코로나로 공연 무대를 잃은 아티스트를 지원하고, 지친 팬들의 문화적 욕구를 충족시킨다는 계획이었지만 사실 이 프로젝트는 아티스트들의 도움 없이는 불가능했다. 100팀이라는 엄청난 규모의 공연을 만들어 내려면 공연에 참여하려는 아티스트들의 힘이 반드시 필요했다.

이 프로젝트의 마지막, 100번째를 장식한 팀이 바로 실리카겔이었다. 군 제대와 새로운 싱글 「Kyo181」을 발매하는 시기가 맞물리면서 섭외할 수 있었다. 나는 공연장에서 본 그들의 공연을 떠올리며 설레는 마음으로 일했다. 예매했던 모든 공연들과 페스티벌이 취소되면서 공연을 그리워했던 나에게도 애틋한 프로젝트였다. 그 마지막을 실리카겔과 함께할 수 있었던 것은 영광이었다.

군 복무로 공백기를 거친 실리카겔은 새 싱글로 새롭게 데뷔하는 듯한 느낌이었다. 코로나 시기를 거치며 아티스트의 역할을 다시 고민하고, 새로운 방식의 소통과 연대를 위해 필요한 음악은 무엇일까를 스스로 물은 결과가 드라마틱한 이 곡이었다.

『새삼스레 들이켜본 무중력 사슴의 다섯가지 시각』이란 독특한 제목의 EP로 2015년에 데뷔한 실리카겔은 2016년 정규 1집 『실리카겔』을 통해 평단의 찬사를 받으며 한국 록 씬에 자리 잡았다. 그때가 생생하게 기억나는 건 나의 음악 세계가 더디게 확장되던 시기였기 때문이다. 취향의 정체기라고 해야 할까. 나는 새로운 것에 흥미를 느끼지 못하고 지나간 시절의 음악을 반복해서 들었다. 그때 만난 그들은 낯설었지만 다가갈 수 있는 거리에 있었다. 확장의 문을 열어두고 다양한 장르를 포섭한 음악에서 나는 생경하면서도 빠져드는 느낌을 받았다. 쭈뼛쭈뼛 다가간 나의 마음은 어느새 전율하고 있었다.

실리카겔에 대한 글을 여러 차례 써왔다. 특히 기억에

남는 글은 「NO PAIN」의 한국대중음악상 최우수모던록 노래 선정의 변이다. '내가 만든 집에서 모두 함께 노래를 합시다. 소외됐던 사람들 모두 함께 노래를 합시다.' 라는 가사가 보여주듯 사회에 드러나는 나약한 자신의 모습을 마주하며 타인과 연대하는 것에 대해 이야기하는 이 곡에 대해 나는 이렇게 썼다.

"실리카겔이 싸워온 것들과의 승리를 선언하며 독립된 연대를 촉발시킨다. 시공을 초월하는 듯 몽롱하게 중첩된 김한주의 목소리는 우리를 가로막고 있던 수많은 감정과 잣대, 규율을 부수는 선언문이다. 형형색색의 별빛처럼 쏟아지고 질주하는 기타와 베이스, 시공간을 부수는 키보드와 드럼 소리. 고통 없이 살아내기 어려운 영혼을 가졌지만 이 노래는 우리 모두 스스로를 지키는 자경단이 되어 세상에 울부짖고 웃으며 고통스러운 실패의 시간의 흐름을 뒤바꿀 것을 믿게 한다."

✦ 내부에서 창출되는 새로움

7년 만에 발매한 정규 2집 『POWER ANDRE 99』의 발매를 기념한 잡지 인터뷰도 맡았다. 정규 2집은 새로움을 넘어 모든 영역에서 확장되는 무한대의 상태에 돌입한 것 같다는 생각이 들 정도로 에너제틱했다. 거대한 기계 세계의 디스토피아적 메타포로 가득한 음악은 록씬을 부흥시키는 희망의 촉매 같았다. 차가운 사운드에 인간미를 잃지 않는 희망의 가사, 적극적인 메시지는 새로운 시대를 기대하게 했다.

콘텐츠를 기획하고 글을 쓰는 나에게 실리카겔은 영감 그 자체다. 자기 복제 없이 생경할 정도로 새로운 가사, 듣는 사람들로부터 멀어지거나 어려워지면서도 적정한 간격을 유지하는 감각에 매번 놀랐다. 감동하고 감탄할 수 있는 거리에 있는 새로움과 신선함. 실리카겔에게 물어야 할 단 하나의 질문이 있다면, '새로움이란 무엇인가'일 것이다. 나는 실리카겔에게 새로움에 대한 생각을 물었다.

"제가 생각했을 때 새로움이란 대상을 탐구하기도 하지
만 갖고 놀 수 있는 기준이 만들어진 상태인 것 같아요.
저희가 활동을 시작하고 짧지 않은 시간이 흘렀고, 이
전에 냈던 곡들이나 활동해 온 이력이 있기 때문에 이
걸 기준으로 배반할 수도 있고 갖고 놀 수도 있고 이런
기준들이 생겨서 그 안에서 우리 자신이 레퍼런스가 되
는 거죠. 이 레퍼런스를 어떻게 갖고 놀까 탐구하다 보
면 새로운 게 나오기도 하는 것 같아요. 그런 점에서 실
리카겔의 새로움은 외부에서 유입되는 것보다는 내부
에서 창출되는 것이 훨씬 많은 것 같아요."

고백하자면, 나는 흔히 말하는 '무지성'으로 새로움을
찾아 헤맨 적이 많다. 영감을 받기 위해, 잘 풀리지 않는
일과 글을 풀어내기 위해 외부의 자극을 찾아 여기저기
를 기웃거렸다.

실리카겔의 '내부에서 창출되는 새로움'이란 말에서 답을 찾았다. 나라는 사람 역시 수많은 경험의 산물이다. 외부의 자극 이전에 내 안의 기억과 경험, 생각들을 꺼내는 것은 중요한 일이다. 내면의 결과물은 외부에서 차용한 그 무엇보다 나다울 것이다.

✦ 나 자신을 느낄 줄 아는 것

나는 언제나 영감이란 무엇인지 궁금해했다. 영감이란 신의 계시처럼 갑자기 찾아오는 것이거나 예술적인 대상을 만났을 때 화학 반응처럼 일어나는 것이라 믿었다. 영감이 오면 신나게 글을 쓰고 콘텐츠를 기획할 수 있을 것 같았다. 영감이 오지 않는 것 같으면 쉽게 책상 앞을 벗어났고, 펜을 놓고, 키보드를 두고, 자극적인 화면 속에 나를 가뒀다. 레퍼런스는 내 안에 이미 가득 차 있는데도 말이다.

조금 바꿔 말하면, 꾸준함과 성실함이 단련한 나 자신을 풍부하게 느낄 줄 아는 것, 나 자신을 제대로 사용할 줄 아는 것을 배워야 한다는 의미. 영감이 폭우처럼 쏟아져서 훌륭하고 아름다운 창작물들을 쏟아낼 수 있으면 좋겠지만 그런 일은 일어나지 않는다. 매일을 성실하게, 열심히 노력하면서 탄생된 결과물에 영감이라는 이름을 붙일 뿐이다.

스스로를 더 잘 알기 위해 탐구하고 성실하게 고민하는 것만이 영감을 찾는 길이다. 물론 나는 또다시 영감이 오지 않는다는 핑계로 절망하거나 나태해질 수 있다. 다만 상상 속에서나 존재하는 영감에 휘둘리지 않고 나에게서 답을 찾는 방법을, 외부의 자극을 담담히 받아들이고 내 삶의 균형을 이어가는 방법을 찾아야겠다고 다짐하고 있다.

지금껏 가장 많은 공연을 본 팀이 실리카겔이다. 수십 번은 본 것 같다. 이제 나는 그들에게서 영감을 받기 위해서 공연을 보지는 않는다. 스스로를 돌아보기 위해서 본다. 한 분야에서 꾸준히 자신의 영역을 확장해가며 씬을 주도하고 부흥을 이끄는 밴드로 거듭난 그들을 보는 것만으로도, 스스로를 탐구하는 일의 힘을 되새길 수 있다.

꾸준히 확장하고 실천해야 할 것들에 대해 생각한다. 실리카겔의 음악은 나를 가로막고 있던 수많은 외부의 자극들, 불편한 감정과 잣대, 규율을 부술 용기를 줬다. 한때 죽었다고 했던 록 음악이 실리카겔을 통해 유행가처럼 퍼져 나가게 된 지금, 나 역시 놓았던 아니, 놓쳤던 스스로의 용기를 다잡아본다. 나를 믿고 내 안의 힘을 믿고 꾸준히 성실하게 앞으로 나아가보자고 다짐한다.

실리카겔

정확하게
사랑할 의무

음악의 한 조각이 되는 일

음악에 많은 빚을 지고 살아왔다. 수많은 음악들은 내 인생의 순간들을 위로해 주었다. 나를 울리기도, 웃게 하기도, 잠재워주기도 했다. 한편으론 나 역시 음악에 작은 도움을 준 순간들이 있었다고 생각한다. 나의 글로 음악가를 감동시킨 적이 있기 때문이다. 음악으로 일어나는 다양한 연결 가운데에 내가 쓴 글도 있을 것이다. 음악이 뮤지션과 리스너를 이어줄 때, 나의 글은 서로의 생각을 이해하고 전달해 주는 다리 역할을 한다고 믿는다.

나는 '라이너 노트'를 종종 쓰고 있다. 라이너 노트는 아티스트들의 새 앨범을 먼저 들어보고 해석해서 소개하는 글로, 음반의 재킷이나 책자에 실린다. 라이너 노트는 음악과 관련한 글쓰기 가운데 내가 가장 좋아하는 작업이다. 발매되지 않은 곡을 비밀스럽게 미리 듣는 경험은 아직 세상에 태어나지 않은 누군가를 먼저 만나는 것과 비슷한 설렘을 준다. 어쩐지 내가 세상의 일부를 창조하는 신적인 영역에 참여하고 있는 듯한 기분까지 드는데, 아마도 곧 태어날 아름다움에 나의 손을 더하는 작업이기 때문일 것이다.

라이너 노트를 쓰는 일은 나에게 축복이다. 나는 음악에 재능이 없다. 직접 음악을 만들거나 연주하고 노래할 일은 없을 것이다. 그런 나에게 라이너 노트는 앨범의 한 조각이 되는 유일한 길이다. 재능 없는 나도 음악을 만드는 데 기여하고 있다는 과도한 뿌듯함까지 느껴지곤 한다.

그렇기 때문에 라이너 노트 작업은 가장 어렵다. 너무나도 좋은 곡을 내가 제대로 해석하지 못해서 세상에 태어나는 데 방해가 될까 봐 두렵다. 라이너 노트를 쓸 때는 스스로를 가다듬는 과정이 반드시 필요하다. 길게 숨을 고르고, 마음 깊은 곳에서부터 용기를 쌓아올리고, 자신감과 애정을 갖고 첫 글자를 쓰기 시작한다. 단순히 음악을 이해만 해서도 안 되고, 사랑하기만 해서도 안 된다. 듣는 분들이 정확한 이해를 바탕으로, 사랑할 수 있도록 도와야 하는 일이기 때문이다.

신형철 문학 평론가는 책 『정확한 사랑의 실험』에서 '정확하게 표현되지 못한 진실은 아프다고 말하지 못하지만, 정확하게 사랑받지 못하는 사람은 고통을 느낀다'고 말했다. 공감과 연결의 과정에서 가장 중요한 것은 어쩌면 정확한 이해인지도 모른다. 단순히 호감과 매력을 느끼는 차원을 넘어, 상대가 어떤 사람인지, 무엇을 꿈꾸고 추구하는지 이해하는 것에서 진정한 사랑이 시작되는 것이라는 생각도 든다.

나는 기획자이자 평론가로서 언제나 정확하게 음악을 사랑하는 법에 대해 늘 고민하고 자문한다. 나는 이 음악을 정확하게 알고 있는가, 정확한 앎을 바탕으로 사랑하는가. 곡을 만든 아티스트와 같은 답을 내놓지는 못하겠지만, 평론가로서 나는 음악에 대한 나만의 해석을 통해 스스로를 정확하게 이해시킨 뒤 사랑해야 할 의무가 있다. 정확하게 사랑하지 못하면 어떻게 이 음악을 타인에게 알릴 수 있을 것인가. 아티스트는 아니지만 나의 해석이 더해져 작품이 더욱 풍부해질 수 있다면, 더 많은 사람들이 작품의 아름다움을 발견할 수 있다면 좋겠다고 생각한다.

　라이너 노트 작업을 하면서 잊지 못하는 순간이 있다. 내가 쓴 라이너 노트를 읽고 눈물을 흘렸다는 아티스트의 회신을 받았을 때였다. 그 아티스트의 이름은 카코포니다. 절망을 노래하지만, 그 안에서 꽃이 피듯 새로운 내일을 노래하는 그는 온몸을 던져 음악을 쏟아내고 표현하는 아티스트다. 내가 라이너 노트를 맡은 정규 3집 『DIPUC』는 환희와 관능, 사랑의 쾌락에 대해 노래하며 리스너들을 유혹하는 듯했다. 앞선 음반에서 슬픔과 비통함을 노래했던 것과는 달라진 느낌이었다. 나는 이렇게 썼다.

　"모두에게 사랑받고 싶어함이 아닌, 나를 사랑하고 내가 사랑하는 사람을 향한 황홀한 환대. 진정 나를 사랑해 주는 당신, 내가 가장 사랑하는 사람, 그것은 바로 '나'인 것이다."

내 마음을 알아주는 노래

우울과 분노가 간절기 겉옷처럼 얇게 내 어깨에 걸쳐져 있는 것 같다는 생각을 할 때가 있다. 가끔 내가 걸친 옷과 비슷한 옷을 입은 노래를 우연히 발견한다. 반갑기보다는 가슴이 아린다. 연민도 사랑이라고 하니, 이것도 사랑의 감정일 테다. 나는 나와 비슷한 감정을 담은 노래를 듣고 사랑에 빠지기를 반복한다.

슬픈 영화를 보고도 잘 울지 않는 내가 눈물을 펑펑 흘렸던 것도 음악과 사랑에 빠지는 순간이었다. 밴드 보수동쿨러의 콘서트에서 섬세한 연주와 나른한 보컬이 내 마음 같은 가사를 들려줬을 때였다.

무력함은 베개 위를 떠다니네
이젠 주인 없는 소파에 기대 가라앉네
헬렌 나를 안아줘 저 멀리 떠나 버리기 전에
행복할 수 있는 건 달려가는 존재들인 듯해

음악이 사락사락 내 피부를 스치는 것 같은 느낌이 들었고, 콘서트장 한가운데에 선 채로, 나는 한 순간 크게 동요했다. 공연이 열린 2023년 당시에는 미발표곡이 었던 「헬렌」을 듣고, 눈물이 펑펑 쏟아졌다.

2016년 데뷔한 보수동쿨러는 내 고향 부산에서 데뷔하고 활동 중인 밴드다. 멜랑콜리를 넘어 우울과 슬픔에 공감하고 위로하는 음악을 한다. 그들의 음악에서 나는 상대의 차가워진 손에 나의 체온을 전하는 위로의 연대를 느낀다. 보수동쿨러가 우울 속에서도 모래알처럼 반짝이는 희망을 보여주는 순간, 그들을 향한 나의 사랑은 더욱 부풀어 올랐다.

눈물은 슬플 때만 나오지 않는다. 슬픈 영화를 보고 눈물이 날 때, 나는 슬퍼서 운다기보다는 슬픈 내 마음을 읽어준 누군가의 존재에 눈물 흘리는 것 같다. 누군가가 나를 알아준다는 것, 이해받고 연결되었다는 느낌이 감동의 눈물로 이어진다.

사회생활을 시작하고 혼자서 서울에 살면서 눈물이 줄었다. 나는 그냥 어른이 되어서, 현실에 메말라서 그렇다고 생각했다. 보수동쿨러의 음악을 들으며 깨달았다. 나는 외로웠던 것이다. 내 마음을 알아주는 사람이 없어서, 내가 느낀 감정을 함께 느끼는 사람이 없어서였다.

사라진 눈물과 함께 찾아온 불면증의 원인도 비슷했던 것 같다. 매일 밤 머릿속은 공감받지 못한 마음속 단어들로 가득 차고, 혼자서 눈을 감고 별을 그리며 단어들을 쏟아놓다 보면 잠은 더 멀리 달아났다.

나에게 잠을 찾아준 것 역시 음악이었다. 요즘 나는 현대 음악가 막스 리히터Max Richter의 『프롬 슬립from SLEEP』을 듣는다. 이 앨범을 들으면, 잠이 오지 않는 이 상태를 온전히 이해받는 느낌이 든다. 이 앨범 덕분에 나는 다시 잠을 자게 되었다. 음악은 나에게 혼자 남은 순간에도 혼자가 아니라는 연결감을 주는 세상과의 연결고리다.

운명적이지 않은 운명

"음악 일은 언제부터 시작했어요? 음악 일을 하면서 즐겁고 행복한가요?"

갑작스럽지만, 나에게 꼭 필요했던 질문이었다. 싱어송라이터 강아솔 씨와 함께 팟캐스트를 녹음하고 돌아오는 길. 돌아가야 하는 수고를 마다 않고 집까지 태워주겠다는 아솔 씨의 제안을 덥석 받아들여 올라탄 차 안에서였다.

오랜만에 나와 음악의 인연을 돌아보았다. 나의 사회생활이 처음부터 음악과 함께였던 것은 아니다. 여러 회사를 전전하다 어느 날 헤드헌터가 제안해 온 한 방송국의 콘텐츠 기획자 자리에 운 좋게 취직한 것이 시작이었다. 내가 나서서 일자리를 찾아본 것도, 특출 나게 능력이 있어서 발탁된 자리도 아니었다. 음악과의 인연의 시작은 그다지 멋지거나 운명적이지는 않았다.

나는 머쓱하게 웃으며 사실 음악 일을 한 지 그리 오래되지 않았다고 답했다. 준비된 사람이 아니었고 우연한 기회였다고 부끄럽지만 솔직하게 이야기를 이어갔다.

"음악 일을 하면 저도 너무 행복한데 한편으론 이 일
을 언제까지 할 수 있을지 걱정이 돼요. 일이 제 곁에서
사라지고 사람들이 나를 찾지 않을까 두려워요. 그래서
너무 피곤해도 쉬지 못해요. 추락할까 두려워 멈추지
못하고 날갯짓을 하는 느낌이에요. 이 일은 저를 가장
저답게 만들어 주는 일이지만, 불안하게 만들기도 해
요. 그런데 이상하게도 이렇게 불안할 때마다 저를 위
로해 주는 게 또 음악이에요."

이렇게 대답을 하는 순간에도 나는 음악으로 위로
받고 응원받고 있다는 사실을 조금도 의심하지 않았다.
차 안에는 음악이 흐르지 않았지만, 내가 평소 즐겨 듣
던 아솔 씨의 노래 같은 그의 목소리로 가득 찬 차 안에
서 나는 문득 뭉클해졌다. 눈물이 날 것만 같았다. 운명
적인 만남은 아니었지만, 음악과 나는 분명 운명이라고
느꼈다.

아솔 씨는 자기도 음악과 완전히 어울리는 사람은
아닌데 음악을 하게 됐다고, 하지만 행복하다 말하며

웃어보였다.

"아솔 씨는 목소리가 너무 좋아요. 따뜻하고 다정하고 참 아름다워요."

나는 조용히 아솔 씨의 목소리에 귀를 기울였다. 나도 모르게 음미하다 보니 눈이 감겨왔다. 나를 울게 하는 것도, 나를 위로하는 것도 결국 음악이구나. 음악을 듣지 않고 있는 순간에도, 나는 음악과 연결되어 있었다.

어떤 상황이
닥쳐오더라도,
나 자신을 잃지 말자

✦ 솔직하게 마음을 내보인다는 것

"저는 꿈이 없었어요."

아이돌과의 인터뷰에서 가장 기대하지 않았던 한마디를 들었던 그 순간을 잊지 못한다. 걸 그룹 트리플에스^{Triple S} 의 멤버 서연, 지우, 카에데, 코토네와 화보 촬영을 마치 고 마주 앉았을 때였다. "데뷔가 1차적인 꿈이었다면, 다음 꿈은 뭔가요?"라는 질문에 서연은 이렇게 말했다.

"저는 꿈이 없었어요. 그래서 꿈을 그리기보다는 제가 원하는 미래로 나아가기 위해서 지금 당장의 것을 열심 히 해야 한다는 생각을 항상 해요. 어떻게 보면 아이돌 이란 직업을 가지게 된 건데, 이렇게 된 이상 지금의 저 에게 주어진 일정과 스케줄, 모든 것에 진심을 다해서 달려가고 있는 것 같아요."

어른스러운 대답에 감탄하며 칭찬을 쏟아내는 나에게

함께 인터뷰하던 카에데는 이렇게 덧붙였다. "저희는 아이돌이잖아요. 그런 포지션에 대해 항상 책임감을 느껴요."

직업, 진심, 책임감. 프로페셔널을 정의할 때 반드시 포함되어야 할 단어들이다. 존경스럽기까지 한 이 직업 정신에서 나는 솔직함과 순수함을 함께 느꼈다. 우리는 수많은 서바이벌 프로그램에서 아이돌이라는 꿈을 향해 온몸을 내던지는 소년 소녀들을 봐왔다. 그런데 꿈이 없는 아이돌이라니. 너무나 솔직한 대답에 나는 반했다. 멤버들과 비밀 이야기를 나누는 듯한 느낌이었다.

사실 아이돌 그룹 인터뷰는 난이도가 높은 편이다. 특히 화보 촬영과 함께 진행되는 인터뷰는 더 그렇다. 화보 작업은 스타일리스트, 메이크업아티스트, 사진 작가와 함께 콘셉트 보드를 만들고 레퍼런스를 수집하는 것으로 시작되는데, 명확하게 방향을 정하고 아티스트의 확인을 받는 것이 중요하다. 화보와 함께 실리는 인터뷰 역시 사전에 결정된 콘셉트의 연장선상에 있다. 자연히 솔직한 이야기가 나오기는 쉽지 않다.

옆에서 듣고 있던 매니저가 인터뷰를 중단시키는 일도 여러 번 있었다. 대답한 멤버의 말투가 마음에 들지 않는다, 못되게 느껴진다, 이기적인 느낌이다, 멤버들이 서로 친해 보이지 않는다, 그런 이유였다. 내가 듣기엔 그냥 솔직한 대답이었는데 아이돌 콘셉트와 맞지 않는다는 것이다. 아이돌 인터뷰에서 깊은 대화는 기대하기 어려운 것이 현실이다.

그래서 트리플에스와의 인터뷰는 마음에 오래 남았다. 살인적이라고 불리는 아이돌 그룹의 스케줄 속에서도 지친 기색 하나 없이 해맑게 화보를 촬영하던 소녀들의 입에서 너무나도 진솔한 문장들이 흘러나왔을 때의 감동은 잊기 어렵다. 오랜만에 아이돌 그룹에게서 받는 생경한 기쁨이었다.

솔직하고 성실한 이 작은 소녀들에게 나는 가장 용기를 주는 것이 무엇이냐고 물었다.

"주변 사람들로부터 칭찬이나 힘을 주는 말을 듣는 것이 중요하긴 해요. 하지만 그런 말들로는 한계가 있다는 생각도 들어요. 제가 용기를 얻으려면 스스로가 더 단단해져야 해요. 자신을 정말 많이 알고 그런 나 자신을 잃지 않으려는 생각과 의지가 항상 있어야 된다고 생각합니다. 저는 저를 잃지 않으려고 노력하는 편이에요. 평정심을 유지하면서 나라는 사람이 어떤 사람이었는지 생각하면서 성찰하려고 해요. 이런 일들을 반복하며 단단해진다고 해야 할까요?"

서연의 대답에 괜시리 눈가가 시큰해져 왔다. 어린 나이에 본인을 지키면서 이 팀에 대한 애정과 미래에 대한 목표 의식이 확고하다는 것이 너무나도 멋지게 느껴졌다.

트리플에스

"멤버들이 많이 어리잖아요. 아직 자아라는 개념을 인지하기 어려운 나이일 수도 있는데, 전 항상 멤버들에게 말해주고 싶었어요. 자신을 잃지 말라. 어떤 상황이 우리에게 닥쳐오더라도 잃지 말자. 용기를 가지자."

✦ 진심과 메시지가 이어지는 힘

내가 트리플에스를 좋아하게 된 건, 이들의 음악에서 발견한 일관되고 강렬한 메시지 때문이었다. 트리플에스는 평범한 서울 소녀들의 연대와 연결이라는 메시지를 발신한다. 이상적인, 완벽함을 추구하는 우상 같은 아이돌이 아니라 우리 곁에 있는 불안하고 실패하고 걱정하는 소녀들의 의지와 용기를 이야기한다. '다시 해보자'며 의지와 용기를 말하는 현실적인 메시지는 다른 아이돌들과는 차별화되는 인상적인 콘셉트였다.

모든 가능성의 아이돌이라는 캐치프라이즈를 가지고

AAA, 러볼루션, 에볼루션, 어셈블 등의 유닛으로 한 팀, 한 팀 데뷔해 2024년 5월 마침내 24명이 모두 모여 완전체 활동을 시작한 이들은 국내 최대 규모의 걸 그룹이다. 24명의 인원이 한 번에 움직이는 메가 크루 무대는 연일 화제를 불러일으켰다.

Girls Never Die 절대 Never Cry

날 따라와 달라진 날

하나가 되자

너의 꿈이 내가 되고

우리 함께 꾸는 꿈

두려움 따위 다

함께 있다면은

이제 무서울 것 없지

다시 해볼까

La La La La La La La

끝까지 가볼래 포기는 안 할래 난

La La La La La La La

트리플에스

쓰러져도 일어나자고 말하는 이 팀의 완전체 앨범 『ASSEMBLE24』의 곡 「Girls Never Die」를 좋아한다. Y2K에서 영감을 받았지만 신선하고 풋풋하기보다는 전투적이고 강렬하다. 다양한 유닛 체제와 퍼포먼스, NFT 기술을 도입한 디지털 오브젝트, 팬이 참여해 선정하는 타이틀곡과 유닛 멤버 등 흥미로운 요소가 많은 그룹이지만, 무엇보다 큰 매력은 멤버들에게 꼭 어울리는 메시지를 담은 노래들이다. 요정도, 여신도, 천사도, 공주님도 아닌 소녀들의 솔직한 마음과 용기 말이다.

아이돌의 콘셉트라는 건 분명 연출이지만, 그것을 실제로 세상에 보여주는 건 실재하는 사람이다. 사람의 마음과 연결될 때, 콘셉트도 파괴력을 발휘한다.

✦✧ 일하는 사람들의 에너지

"저희 곡 중에 「Cry baby」 들으면서 많이 울었어요. 'Cry

baby 눈을 감고 상상해 무대 위의 네 모습' 이 부분이 진
짜 좋아요. 저는 음악으로부터 용기를 얻는데 이제 제
가 반대의 입장이 돼서 사람들에게 용기를 줄 수 있다
는 게 너무 기뻐요."

인터뷰에서 코토네가 했던 말이다. 내가 얻은 용기를 다
른 사람들에게 돌려줄 수 있다는 말. 어쩌면 우리가 일
을 하고, 직업을 갖는 중요한 이유가 아닐까 생각했다.

엔터테인먼트 대기업에서 일하며 아이돌 콘텐츠를 기
획하고 만들 때가 떠올랐다. 나는 멤버들의 이름, 프로
필은 물론 데뷔 때부터 가장 최근까지의 앨범과 콘텐츠
들을 찾아 듣고 보며 공부했다. 가장 기분 좋은 건 "와,
어떻게 이것도 아세요?" 하는 아이돌 멤버들의 반응이
었다. 음악 평론가로, 콘텐츠 기획자로 일하며 콘텐츠
를 소비할 때 "어떻게 이런 것까지 알지?" 하고 감탄했
던 내가 인터뷰이로부터 같은 감탄을 끌어냈다는 것은
정말 순수한 기쁨이었다.

'Idol'이라는 단어를 검색해보면 많은 사랑을 받는 우상이라는 뜻이 나온다. 하지만 내가 곁에서 지켜보는 아이돌들은 우상이라기보다는 존경스러운 직업인이다. 반짝이는 외모와 화려한 무대에도 열광하지만, 꿈을 향한 긍정적인 에너지와 태도에 각별한 애정을 느낀다. 나는 무언가를 위해 저만큼 노력한 적이 있는가? 나에게 묻는 질문으로 시작되는 이 존경심 섞인 애정은 하나의 팀을 넘어 아이돌이라는 산업과 직업으로 확장됐다.

직업을 가지고 생산적인 일을 한 지도 어느덧 12년이 되었다. 음악업계에 몸 담은 지는 6년이 넘었다. 인생 첫 이력서를 쓸 때 받아들었던 '10년 후 나의 모습'을 묻는 질문에 나는 한참 답을 작성하지 못했었다. 10년이 지나고 보니 나는 좋아하는 일을 찾고 그 일을 하며 살고 있다고 과거의 나에게 말해주고 싶다. 그럼에도 지금의 내가 다시 10년 뒤를 묻는 질문을 받는다면 여전히 답하기가 어렵다.

음악 업계에 발 디딘 이후, 계속 이 일을 할 것이란 확신은 있었다. 그럼에도 연차가 쌓일수록 지속 가능한 나의 일을 만들어 내는 건 쉽지 않다는 생각을 한다. 운이 좋다면 좀 더 오랜 시간 회사에서 안정적으로 월급을 받으며 음악 콘텐츠를 만들 수도 있겠고, 프리랜서로 외부 일을 더욱 늘려 갈 수도 있을 것이다. 하지만 나 스스로 일을 만들어서 해나갈 수 있는 경지는 여전히 멀어 보인다.

앞으로도 일하고 싶다는 꿈이 불안으로 변하려 할 때면, 소녀들의 말이 떠오른다. 긍정적인 에너지와 성실한 태도, 직업인으로서의 책임감을 느끼게 했던 서연, 지우, 카에데, 코토네의 이야기. 꿈은 없지만, 먼 미래는 잘 그려지지 않지만, 오늘 주어진 일에 진심을 쏟는다는 그 단단한 철학을 생각한다. 살아가면서 내가 받은 도움을, 이번엔 내가 다른 사람들에게 줄 수 있는 기쁨을 소중히 여기는 순수함을 내 마음에도 새겨본다.

트리플에스

기적은 없다고 하더라도

"다시 시작할 수 있을까?"

1998년의 어느 날 아빠의 혼잣말을 들었다. 우리 가족은 IMF를 혹독하게 겪었다. 아빠는 실직했고, 엄마는 생전 처음으로 식당 설거지와 서빙 아르바이트를 시작했다. 겨우 초등학생이었던 나와 동생은 낯선 세상을 그저 지켜보아야 했다.

친구가 집에 놀러왔던 날, 하얀 러닝 셔츠 차림으로 누워서 텔레비전을 보는 아빠가 부끄러웠던 기억이 난다. 엄마가 일하는 식당은 밤 11시가 되어서야 문을 닫았는데, 뒷정리를 마친 엄마가 집에 도착하면 언제나 시계는 자정을 가리켰다. 요리는커녕 자기 손으로 냉장고를 여는 일이 없었던 아빠가 끓인 푹 퍼진 라면이 나와 동생의 끼니였다.

다행인지 불행인지 모를 일들이 이어졌다. 정장 입은 아빠가 생각나지 않을 만큼 하얀 러닝 차림이 익숙해졌다. 엄마의 손은 부르텄고, 학교는 IMF를 이유로 수학여행을 취소했다. 학급 반 소식지에는 '우리 집 빚이 사라지게 해주세요'라는 친구의 소원이 적혔다.

IMF 전에도 그렇게 부유하지는 않아서 드라마틱하게 망했다는 느낌은 들지 않았다. 서서히, 꾸준히 어둠 속으로 가라앉을 뿐이었다. 그럼에도 어린 날의 나에게 그 시절의 가라앉는다는 감각은 불안 그 자체였다. 러닝 셔츠 입은 아빠와 매일 자정이 되어 고된 몸을 이끌고 들어오는 엄마를 바라보던 안타까움과 불안은 어느새 미움과 불신으로 바뀌었다.

인간은 세상에 내동댕이쳐진 존재라고 했던 철학자 하이데거의 말 그대로 버려진 느낌이었다. 어디 하나 기댈 곳이 없었다. 그런 나에게 한 줄기 희망이 되었던 노래가 있다. 1998년에 발표된 H.O.T.의 「빛」이라는 곡이다. H.O.T.의 리드 보컬이자 내가 가장 좋아했던 멤버 강타가 작사, 작곡한 이 곡은 뮤직 비디오부터 IMF로 도산한 뒤 무너져가는 가족의 이야기를 그리고 있다.

늘 함께 있어 소중한 걸 몰랐던 거죠

언제나 나와 함께 있어 준 소중한 사람들을
알고 있죠. 세상엔 당신 혼자가 아니란 걸
주저앉아 슬퍼만 하고 있을 때가 아니란 걸 아는 걸
우리 모두 일어나요. 손을 내밀어요
모두 다 함께해요

물론 이 곡으로 힘을 낸 우리가 재앙을 복으로 바꾸
는 기적 같은 건 찾아오지 않았다. 노래를 들을 때 잠시
위로를 받았다가 이내 나에게 주어진 비루한 삶을 다시
살아갔다. 다만 이 노래가 우리나라 전체를 집어삼킨
탁수를 잠시나마 투명하게 정화해 주었다는 것만은 확
실했다. 나는 이 노래를 통해 처음으로 음악의 힘을 직
접적으로 느꼈던 것 같다. 오랜 시간 1위를 차지하며 어
디에서든 들려오는 유행가가 된 이 노래는 왠지 모를
기운을 샘솟게 했다. 노래를 들을 때마다 용기와 희망
이 자라나는 것이 느껴졌다.

불안하지만 불행하지는 않았다

위로의 날은 우리 가족에게도 찾아왔다. 크리스마스! 모두가 들뜬 그날 엄마는 식당에 나갔다. 아빠와 나와 동생은 동네 문방구에 들러 크리스마스 트리를 '구경'했다. 그 시절 우리에게 특별한 하루를 기념하는 일은 사치였다. 나와 동생은 쓸쓸하게 트리를 만지작거렸고, 장난감 상자를 들었다 내려놓았다. 그 순간, 아빠가 아이디어를 냈다. 우리는 한 장에 50원짜리 색 마분지를 사서 집으로 돌아왔다. 그리고 종이를 길고 가늘게 잘라내 끝과 끝을 이어 동그란 링을 만들었다. 꽈배기처럼 몸을 겹친 동글동글한 고리가 길게 이어졌다. 하나씩 붙이다 보니 1미터가 되고 2미터가 되었다. 파랑, 노랑, 분홍. 세 가지 색뿐이었지만, 길게 이어진 고리는 형형색색 아름다웠다. 우리는 천장과 벽에 길게 고리를 이어 붙였다. 동화책에 등장하는 공주님의 무도회 커튼이 방 안에 출렁였다. 환상적이었다.

"너무너무 예쁘다. 진짜 크리스마스 같아!"

아빠와 나와 동생은 크리스마스가 끝나는 자정 전에 엄마가 도착하길 빌었다. 유난히 눈물이 많았던 시간, 우리 집에는 산타 할아버지가 들르지 않을 거라는 것쯤은 이미 알고 있었다. 나와 동생의 바람은 단 하나였다. 크리스마스가 끝나기 전 '엄마'라는 선물을 받는 것이었다.

다행히 소원은 이루어졌다. 자정을 불과 15분 앞둔 시간, 현관문이 열리는 소리가 들렸다. 두터운 외투 속에 음식 국물이 묻은 앞치마를 걸친 엄마가 들어왔다. 밖은 유난히 추웠다. 피부가 새하얀 엄마의 볼과 코끝이 붉게 물들어 있었다.

"메리 크리스마스!"

우리는 제과점에서 얻어온 폭죽 하나를 터트리며 마분지로 장식한 집을 엄마에게 보여주었다.

"어머, 이게 뭐야." 엄마는 깔깔 웃으며 우리를 안아주었다. 그때는 몰랐다. 그날 잠깐의 그 미소가 우리 가족을 다시 시작하게 해주었음을. 세상을 향한 한 걸음을 내딛게 해주었음을.

한없이 불안했지만 불행하지는 않았다. 아빠와 나와 동생이 힘을 모아 만든 색마분지 고리가 우리를 이어주었다.

이후에도 상황은 전혀 나아지지 않았다. 우리는 여전히 가난했고, 나는 가끔 집에 돈을 보내야 했고, 부모님이 차린 가게는 문을 열고 닫기를 반복했다. 집은 점점 좁아져서 부산에 내려가면 마땅히 머물 공간도 없었다. 그래도 나는 유난히 추웠던 크리스마스에 우리가 스스로 만든 선물의 의미를 기억하는 어른으로 자랐다. 그 덕분에 삶을 시시때때로 관통하는 불안을 견딜 수 있었다고 나는 믿는다. 인생은 버거워도 내일로 향하는 오늘은 반드시 찾아오니까.

음악의 자리

나는 여전히 불안하다. 인생이라는 문제는 아무리 최선을 다해 풀어도 근사한 정답은 안겨주지 않는다.

그래서 늘 다시 문제를 풀어야 한다. 분명 어제 풀었는데, 또 같은 문제가 다시 출제된다. 반복되는 현실이 짜증나고 불안하고 두렵지만 문제를 풀 기회가 다시 주어졌다는 사실에는 안도하게 된다.

막막하고 서글프기만 했던 크리스마스에도 행복과 기쁨을 만들어 낼 수 있었다는 사실을 나는 잊지 않고 있다. H.O.T.는 IMF로 고통받는 가족을 그리면서 이렇게 노래했다. 가장 고통스러운 순간에도 축제는 열린다고.

두려움은 없어요. 슬픔도 이젠 없어
우리 마음을 여기에 모아 기쁨의 축제를 열어요

음악은 늘 자기가 있어야 할 자리를 찾는다. 위로가 필요할 때, 미래를 꿈꿀 때, 과거를 회상할 때, 꼭 필요한 음악이 어디선가 나타나는 느낌이다. 지금 사랑받는 음악들은 지금 우리가 찾고 있는 감각을 선물해 준다. 고달픈 현실을 위로해 주다가, 상상조차 하기 어려운 미래를 느끼게 해주기도 하고, 때로는 과거에 대한 복잡한 감정을 단정하게 정돈해 주기도 한다.

뉴진스NewJeans의 음악을 들으면서 90년대를 회상한다. 찬란하고 눈부셨던 그때의 우리에게 보내는 안부와 같았던 곡 「Ditto」를 들으며 익숙한 기억들이 살아 움직이기 시작했다. 눈을 감으면 나의 마음은 90년대 후반으로 돌아간다. 불안하고 힘들었던 시간들만은 아니었다. 어설펐지만 진실하고 따뜻했던 마음들이 떠오른다. 내가 살았던 시기를 경험하지 않은 새로운 세대의 아이콘을 통해서 나는 과거와 현재를 동시에 경험한다. 불안하지만 행복했던 과거의 나는 하고 싶은 일을 하며 불안과 맞서 싸우는 현재의 나와 만난다.

1998년의 어린 나에게 유일한 기댈 언덕이었던 H.O.T.의 노래와 21세기의 음악 평론가로 새로운 음악을 소개하는 일을 하며 새로운 트렌드의 중심에서 만난 걸 그룹 뉴진스의 노래. 이 노래들에서 내가 음악을 사랑하는 이유를 발견한다. 더 많은 사람들이 더 쉽게 세상의 아름다움을 발견하는 것. 내가 아는 가장 확실하고 가장 믿을 만한 방법은 음악을 듣는 것이다.

한로로

우리는
삶의 공동체 안에서
사랑해야 하니까요

✦ 연약함을 숨기지 않는 강인함

얼어붙은 마음에
누가 입 맞춰줄까요?
봄을 기다린다는 말
그 말의 근거가
될 수 있나요
바삐 오가던 바람
여유 생겨 말하네요
내가 기다린다는 봄
왔으니 이번엔 놓지 말라고

로커 한로로를 좋아한다. 그의 노래는 들을 때도 좋지만, 읽을 때도 좋다. 가사를 읽으면 존경하는 마음마저 피어난다. 코로나 시기에 발표한 데뷔곡 「입춘」은 불안한 시대, 청춘의 송가였다. 서로 거리를 두고 경계하는 것이 당연해진 코로나 시대에 「입춘」이라는 제목을 달고, 입을 맞추고 손을 잡자고 말하는 용기야말로 청춘의 특권처럼 느껴졌다.

계절이 바뀌고 생명이 시들었다가 다시 갖가지 생명이 태어나는 봄. 봄이란 피어나고 사라지길 반복하는 계절이다. 삶과 죽음, 어쩌면 우리가 코로나 시기에 가장 많이 했던 생각일 것이다.

「입춘」에서 한로로의 목소리는 달리고 또 달린다. 아름다우면서 추악하고, 살아있지만 죽어가고 있는 세상 속으로 뛰어든다. 꿈을 향해, 사랑과 용기를 동력 삼아 달린다. 비명처럼 소리를 지르며 달려나가는 그의 모습은 연약하기도 하고 강인하기도 하다. '이 벅찬 봄날이 시들 때 한 번만 나를 돌아봐 달라'고 말하며 청춘의 연약함을 숨기려 하지 않는다.

궁금해졌다. 이런 노래를, 이런 가사를 쓰는 한로로는 어떤 사람인지. 이런 생각을 한 사람이 나만은 아니었나 보다. 「입춘」은 순식간에 입소문을 탔고, BTS의 RM

도 그의 곡을 인스타그램 스토리에 공유했다. 국문학과를 나와 시나리오 작가를 꿈꾸다 시 같은 가사를 쓰는 뮤지션이 된 소녀. 데뷔한 지 1년도 되지 않아 한국 대중음악상 올해의 신인과 최우수 모던록 노래 부문에 노미네이트된, 대중과 평론가를 모두 사로잡은 신인. 나는 「입춘」을 들으며 한로로라는 사람을 그려보았다.

1년 뒤, 한로로의 첫 번째 EP『이상비행』이 발매됐다. 설레는 마음으로 음악을 들었다. 한로로는 어느덧 세상의 따가운 시선으로부터 벗어나 고개를 들고 하늘 위의 이상을 좇기 위한 비행을 시작하고 있었다. 자신의 몸을 부숴가며 조각조각 반짝이는 윤슬처럼 불안하지만 영원히 소모되지 않을 청춘 그 자체의 아름다움이 느껴졌다.

✦ 낭만을 넘어, 사랑의 확장

이번에야말로 그와 이야기를 나누고 싶었다. 조심스럽

게 애쓴 마음을 가득 담은 인터뷰 섭외 메시지를 소속
사에 보냈다. 2023년 9월 첫 주, 합정동의 한 카페에서
총기 어린 두 눈을 반짝이는 한로로와 마주앉았다.

"한로로이기에 말할 수 있는 청춘이란 뭘까요? 한로로
만이 말할 수 있는 청춘의 키워드가 있을까요?"

"제가 청춘이란 키워드를 통해서 노래로 표현하고 싶은
건 '사실 우린 다 똑같다'는 거예요. 다들 10대, 20대들
이 청춘이라고 생각하잖아요. 그런데 또 생각해보면 10
대 20대들도 힘들 때가 많고. 이걸 청춘으로 부를 수 있
나? 그런 생각을 많이 했어요.
또 반대로 생각하면 저희 엄마, 아빠, 더 나아가 50대,
60대를 봐도 진짜 청춘을 살아가는 사람들도 많잖아요.
그래서 청춘은 정의를 내리기가 쉽지 않은 단어인 것
같아요. 그냥 자기가 청춘이라고 생각을 하면 청춘인
거고. 사실 별게 아닌 것 같아요."

한로로

쉽게 정의 내리고 재단하는 세상에서 단어 하나를 두고 고민하는 사람, 한로로는 한 편의 단편 소설, 에세이 혹은 시를 쓰고 그 속에서 마음에 드는 구절을 뽑아 가사를 만든다고 했다. 음악으로 전하고 싶은 메시지가 분명해야만 좋은 곡이 나온다고 말했다. 자신이 부르는 노래 가사의 단어 하나 하나에 담긴 힘을 잘 알고 있는 사람이었다.

스스로를 돌아보았다. 나 역시 평론가로서 기획자로서 수많은 글을 쓰고 있는데 그 글에 어떤 사명감과 무게를 담고 있는 것일까. 나는 갖가지 미사여구들을 동원해 글을 쓴다. 아름답게 느껴질 수 있는 단어들을 찾아내려 노력한다. 나름 심혈을 기울인다면 기울인 것이겠지만, 이상이나 목적을 품은 메시지보다는 어여쁘게 꾸민 글에 가까웠다. 마음이 쓰렸다. 나의 글쓰기 태도가 조금 부끄러워졌다. 내 눈앞에서 단단한 마음을 내보이는 그가 더욱 멋져 보였다.

그런 그에게 세상을 향해 외치고 싶은 것이 무엇인지 물었다.

"너무 낭만적인 얘기일 수 있는데요. 사람들이 싸우지 않고, 서로를 좋아해 주고, 감싸주고, 그런 따뜻한 세상이 됐으면 좋겠다고 생각해요. 현실적으로는 당장 학교나 회사에서도 그렇고 가까운 가족들이나 친구들 사이에서도 그러지 못하는 경우가 더 많은 것 같아요.
그런 상황에 대한 불만이 많죠. 하지만 너네 대체 왜 이러는 거야! 이렇게 말하기보다는 우리 충분히 서로 사랑할 수 있는 존재들이니까 잘 살아보자고 말하고 싶어요. 화합의 장을 만들고 싶었어요. 불만을 그대로 두지 않고 표출해서, 서로 사랑할 수 있는 방법을 제안하고 싶다고 생각했어요."

나는 그와의 2시간 남짓한 대화 속에서 사랑의 정의에 대해 다시 생각했다. 이 세상에서 사랑을 찾는 일을 멈추지 않아야겠다고, 작고 보잘것없는 손이라도 더해야

한로로

겠다고 생각했다. 나 역시 이 세상에 사랑을 전해야 할
쓸모를 타고난 사람이었다.

코로나 시기가 한로로에겐 완벽한 데뷔 타이밍이었다
는 생각이 들었다. 한로로는 서로의 상호 작용이 끊어
진 시기에 가장 중요한 사랑의 정의를 되새기게 하는
아티스트이니까.

한로로와의 두번째 만남은 그의 EP『집』발매를 기념하
는 뮤직 코멘터리 행사에서였다. 우리는 아티스트와 모
더레이터로 만났다. 오랜만에 만난 우리는 악수를 하고
조금 어색한 포옹을 했다. 그리곤 진심 가득한 다정한
눈빛을 주고받았다.

"첫 번째 EP『이상비행』이 따뜻하고 낭만적인 느낌이
었다면 두 번째 EP에서는 진짜 현실을 이야기하고 싶
었어요. 사랑을 하고자 하는 마음으로 비행을 마쳤는데
현실은 차갑고 냉정해요. 하지만 결론은 그럼에도 불구

하고 우리가 사랑을 해야 한다'는 메시지를 전하고 싶었어요. 우리는 삶의 공동체로서 사랑을 해야 하니까요. 현실은 무엇인가에 대해 질문하고 싶었죠."

그는 여전히 사랑을 고민하고 있었지만, 고민의 깊이는 한 단계 더 깊어져 있었다. 우리가 매일매일 세상으로부터 맞닥뜨리는 아픈 사건들을 통해 음악에 대한 신념이 더욱 두터워졌다고 했다.

사랑이란 이유를 찾아가며 계속 고민해 나가야 하는 어려운 일이란 생각을 했다. 나는 다시 한 번 그를 만날 날을 꿈꾸며, 그리고 한로로 식으로 확장해 갈 사랑의 의미를 기대하게 됐다.

✦. 청춘의 공동체

책을 읽고 음악을 듣는 독서 모임 '책은 나의 음악'의 클

럽장으로 활동하고 있다. 이 클럽에는 조금 특별한 이벤트가 있다. 3시간 반의 모임이 끝나면 각자 포스트잇에 책의 주제에 어울리는 추천 곡을 써서 무기명으로 주고받는 것이다. 추천받은 곡이 마음에 들면 카카오톡 메신저에 곡의 링크를 남기며 서로 공유한다. 첫 모임을 기념하기 위해 주고받았던 쪽지는 어느덧 우리 모임의 전통이 됐다.

지난 모임의 주제였던 책은 하인리히 벨의 「카타리나 블룸의 잃어버린 명예」였다. 책은 언론이 사실 확인도 없이 오직 흥미만을 위한 자극적인 기사들을 생산하며 인간의 명예를 어떻게 실추시키는지에 대해 이야기하고 있다. 우리는 사람들이 얼마나 쉽게 편견에 휩싸이는지, 누군가를 원망하고 혐오하는 것이 얼마나 쉬운 세상인지에 대해 이야기를 나눴다.

우리는 편견으로 잘못된 판단을 해 많은 사람들을 고립시킨다. 언론의 폭력성도 문제지만, 쉽게 분노하는 사람들도 문제일 것이다. 이 싸움은 어떻게 끝낼 수 있을까? 매일 들리는 뉴스에 눈살을 찌푸리며 한숨 쉬는 건 언제 끝이 날까? 늦은 밤까지 깊어지는 토론 속에 결국 우리에게 필요한 건 한 줌의 다정함과 사랑일 것이라는 결론에 다다랐다. 왜 우리는 이 한 줌의 사랑을 손에 잡을 수 없게 된 것인지 슬퍼했다. 모임이 끝나고 슬픈 우리를 위로하는 곡을 한 곡씩 쪽지에 적어 나눴다. 나는 한로로의 「생존법」이란 노래를 적고 집으로 돌아갔다.

넌 나를 사랑해 줘야 해

슬프게도 반짝이는 소멸 직전의 별처럼

넌 나를 사랑해 줘야 해

평범하길 빌어왔던 내일이 없을 것처럼

난 너를 사랑해

한로로는 이 곡에서 우리들은 결국 서로를 사랑해야만 살아갈 수 있다며 사람 간의 연대를 노래한다. 20대 초반, 개인주의로 대표되는 세대의 아티스트가 연대를 말한다는 사실에 뭉클한 감동을 받았다. 세상에 희망을 걸어도 좋겠다는 생각이 들었다. 이런 생각 역시 젊은 세대를 향한 편견일 수 있겠지만, 전 세대에 걸쳐 연대와 인류애적 사랑에 대해 이야기를 하는 곡들이 많이 사라진 요즘이어서 한로로의 존재가 더 소중하게 느껴졌다. 혐오를 멈추고 서로를 사랑하길 바라는 사람들이 있다는 사실을 느끼게 해준 것만으로도 큰 위로가 됐다.

그가 건네준 싸인 CD를 다시 꺼내 바라보며 이 글을 쓴다. 한 아티스트의 시작을, 그리고 성장을 지켜보는 것은 하나의 역사적 사건을 목도하는 것과 비슷한 것 같다고 생각한다.

엽렵한 그를 지켜보면서, 그보다 나이가 많은 나 역시 함께 더 성장할 수 있을 것 같은 기분이 든다. 세상 곳곳에 숨겨진 사랑을 발견하고 나누는 방법을 배워 나갈 수 있을 것 같은 기대가 생긴다. 그리고 온기로 가득한 세상을 떠올려본다.

한로로의 사랑은 이상을 포기하지 않고 끝까지 사랑하려 노력하는 것이다. 그 어느 때보다 타인의 온기가 필요한 지금, 나는 그를 통해 혐오 없고 포기 없는, 사랑으로 충만한 세상을 꿈꾼다. 우리는 이상을 꿈꾸는 청춘의 공동체이니까.

음악의 쓰임

나를 내어준다는 것

음악만큼 강력한 마법이 있을까. 좋은 음악 한 곡이면, 어떤 순간이든, 어떤 자리든 완전히 다른 분위기가된다. 그래서 나는 집 거실에 LP플레이어와 중형 스피커, 침실에는 포터블 스피커, 작업실에는 대형 스피커를 놓아두고 언제 어디서든 음악을 들을 수 있도록 만들었다.

'음악에 빠진다는 건 어떤 의미냐'는 질문을 종종 받는다. 음악에 풍덩 빠지는 기분, 다른 말로 하면 음악을 감상하는 것이라고 생각한다. 음악을 감상한다는 건, 단순히 듣는 것과는 다르다. 음악만을 위해 시간을 내고, 에너지를 쏟아야 한다. 귀를 통해 마음으로 전달되는 감동을 느끼려면, 비용을 지불해야만 한다. 음악이내가 하는 일의 배경이 되는 것이 아니라, 주인공이 되어야 한다. 지금 내가 하는 일은 '음악을 듣는 일'이다.

처음으로 팬심이 아닌 음악 감상만을 목적으로 CD를 구입한 순간이 기억난다. 비틀즈의 미국, 영국 차트 1위곡을 모은 컴필레이션 『1』과 에이브릴 라빈Avril Lavigne의 데뷔 앨범 『Let Go』였다. 다운로드 받아서 들어도 되는 음악이 담긴 물건을 굳이 돈을 내고 사와서 플레이어에 넣고 귀로 듣는 일련의 과정이 나는 황홀했다. 사실 MP3와 CD의 음질 차이를 크게 느낄 수 있는 건 아니었다. 그런데도 이 순간은 잊히지 않는다. 내 몸의 모든 감각이 귀에 집중되면서 예민하게 음악에 반응하게 되는 특별한 경험을 했기 때문일 것이다.

CD나 LP 같은 물성이 있는 수단을 통해 음악을 재생하는 일은 음악을 감상하는 가장 확실한 방법이다. 세상에 존재하는 모든 음악을 순식간에 찾아내 들어볼 수 있는 스트리밍 플랫폼과는 달리, 내가 집중해야 할 대상이 명확해진다. 지금 손에 쥔 이 음반에 담긴 곡에만 집중하면 된다. 가장 중요한 건 CD와 LP를 꺼내 플레이어에 넣고, 재생 버튼을 누르는 과정이다. 음악을 듣는다는 목적을 달성하게 위해 나는 몸을 움직이고, 기다려야 한다.

음악에 나를 내어줄 수 있는 마음가짐만 있다면, 음

악에 빠지는 일은 어렵지 않다. 나는 음악이 흐르는 공간을 자주 찾는다. 새로운 음악이 들리는 곳, 누군가의 취향이 잘 반영된 곳. 성능 좋은 오디오를 갖추고 있다면 더 좋다. 집 근처인 망원동 쿼터, 하우스 오브 바이닐, 대흥역의 스튜디오 오오이, 파주의 콩치노 콩크리트, 강남의 뭉크 투 바흐, 을지로의 전축 같은 곳들을 종종 방문한다.

이곳에서 나는 혼자만의 음악 감상회를 개최한다. 수많은 LP와 CD 더미 속을 헤엄치다 보면, 주인장과 나의 취향이 손뼉을 치듯 딱 맞아 떨어지는 짜릿한 전율의 순간이 온다. 나는 빠르게 곡의 제목과 아티스트의 이름을 메모장에 적어두고, 집으로 돌아가는 길 내내 그 곡을 듣는다.

꼭 음악을 들을 수 있는 공간이 아니어도 좋다. 집 근처인 에스프레소 바 한강 에스프레소는 언제나 솜씨 좋게 큐레이션한 멋들어진 음악을 튼다. 그래서인지 이 곳은 망원동 근처 아티스트들의 아지트이기도 하다. 10년지기 친구가 운영하는 책바는 책과 술을 함께 즐길 수

있는 곳인데, 내가 가장 좋아하는 건 마감 시간이다. 책
바에서는 주인이 큐레이션한 음악이나 재즈 라디오가
흘러나오지만, 마감 시간이 임박하면 손님들의 신청곡
을 받는다. 나는 딱 기분 좋게 취해 있다. 술과 함께 홀
랑 마셔버린 책과 내가 좋아하는 음악까지 함께하는 가
장 즐거운 순간이다.

집중의 마법

음악에 풍덩 빠져들고 싶다면, 공연을 보는 것이 좋
다. 나 역시 공연을 보고 나서 음악에 더 깊이 빠져들게
됐다. 소규모아카시아밴드와 요조, 장기하와 얼굴들의
클럽 공연이 나의 첫 공연들이었다. 처음 공연을 본 내
한 아티스트는 밥 딜런Bob Dylan이었다. 실제로 연주되는
음악을 듣고 나서, '아티스트와 관객이 함께 호흡한다'는
진부한 표현이 얼마나 적확한 표현인지 알게 되었다. 나
는 분명 무대 위의 아티스트와 눈을 맞추고, 함께 노래

했다. 음악의 아름다움과 즐거움에 연대와 소통의 경이로움이 더해졌을 때의 생생함은 절대 잊을 수 없다.

공연장에서 나는 일종의 성스러움을 느낀다. 공연은 희생의 연속이다. 비용을 지불하고 티켓을 구매한 뒤, 몇 달을 기다려 현장에 가면, 티켓을 교환하고 줄을 서고, 복도를 따라 천천히 입장한다. 길게는 몇 시간을 거쳐 들어간 공연장을 가득 채운, 기다리는 사람들의 모습. 설레는 마음이 절정에 달할 무렵, 조도가 낮아지고, 일순간에 무대가 밝아짐과 동시에 터지는 사람들의 함성. 고행에 가까운 기다림의 끝에 관객들은 소름 돋는 희열을 만난다.

낯선 사람들과 함께 노래를 따라 부르고, 소리 지르고, 감동해서 울기도 하는 그들을 바라보는 순간은 내가 경험한 가장 강력한 연대였다. 처음 보는 사람들과 정확히 같은 감정으로 연결되어 함께 있을 때의 느낌은 시공간의 개념을 잊게 될 만큼 환상적이다.

화려한 무대 장치나 대규모 관객보다 중요한 것은 몸과 마음의 집중이다. 혁오와 선셋 롤러코스터의 공연을 본 적이 있다. 특별한 무대 장치도, 화려한 연출도 없었다. 10명의 밴드 멤버들이 차력 쇼를 하듯 악기를 연주하고 노래를 부를 뿐이었다. 숨 죽이며 2시간을 지켜보는 동안, 이 공연은 내 온몸을 짓눌렀고, 나는 옴짝달싹할 수 없는 상태가 되었다. 그리고 마치 해탈하여 극락으로 가는 기분이 들었다. 밴드가 내 곁에서 풍악을 울리며 극락왕생을 빌어주는 듯한 신성함까지 느껴졌다. 조금의 과장도 없는 건조한 묘사로 읽어주면 좋겠다.

수많은 사람들이 하나의 대상을 향해 집중하는 순간의 마법. 음악이 가진 강력한 힘이라고 생각한다. 최근 싱어송라이터 최유리의 첫 정규 앨범 『746』의 음악 감상회를 기획했다. 음악 감상회는 아티스트가 참여하지만, 직접 연주하거나 노래하지 않고 음악을 재생하며 함께 듣는 행사다. 2018년 제29회 유재하 경연대회 대상을 수상하며 데뷔한 최유리는 공연은 꾸준히 해왔지만, 음악 감상회는 처음이라며 긴장했다.

70명 관객을 모신 소규모 음악 감상회가 시작됐다.

아티스트가 조용히 인사를 하고, 아홉 곡의 노래가 플레이됐다. 30분이 넘게 숨소리조차 들리지 않는 정적 속에 음악만이 흘렀다. 집중한 표정으로 음악을 듣는 사람들은 눈을 감거나, 눈물을 흘렸다. 눈물을 닦는 사람도 있고, 쏟아지는 눈물을 그대로 내버려두는 사람도 있었다. 사람들은 마음을 담아 음악을 이해하려 하고 있었다. 대단한 장치가 있었던 건 아니다. 그저 다 함께 모여 소리에만 오롯이 집중하는 자리에서 벌어진 일이다.

음악은 나의 술

"인간에게 결핍된 혈중 알코올 농도 0.05%를 유지하면 적당히 창의적이고 활발해진다" 황당무계해 보이지만, 노르웨이 정신과 의사인 핀 스코르데루Finn Skårderud가 실제로 주장한 내용이다. 영화 「어나더 라운드」는 무료하고 우울하며 자신감 없는 인생을 좀 더 느긋하고 즐기기 위해 이 주장을 실행하기로 한 4명의 중

162

년 남자의 이야기를 다룬다.

영화 주인공들처럼 늘 알코올 농도를 0.05%로 유지하는 것보다 더 쉬운 방법이 있다. 적당한 볼륨의 음악과 함께하는 것이다. 반드시 아티스트를 직접 만나고, 공연장에 가지 않아도 된다. 다만 우리에게 가장 소중한 시간과 마음을 내어주는 일은 필요하다.

일상에서 나만의 음악이 계속 들려오는 상태, 살짝 음악에 취한 상태로 살아간다면 세상은 영화만큼 아름답게 느껴질 것이다. 우리 일상은 생각보다 건조하고 딱딱하다. 버스와 지하철에서 만나는 승객들은 대부분 무표정하다. 지친 몸을 이끌고 비좁은 공간에서 버텨야 하는 사람들은 피곤함에 지쳐 보인다. 이럴 때 나는 음악에 마음을 내준다. 순식간에 답답한 지하철 안이 환기라도 한듯 개운하게 느껴진다. 술 한 잔을 한 것처럼 긴장이 풀리고 느긋해진다.

일을 한다는 건 긴장과 압박에 노출되는 것이다. 그럼에도 나는 쏟아지는 일거리를 축제처럼 맞이한다. 오늘은, 내일은 또 어떤 새로운 음악에 마음을 빼앗기게 될까? 설레는 마음으로 귀를 연다. 멋진 음악과 재능 넘치는 아티스트들은 나의 일인 동시에, 나를 기분 좋게 취하게 하는 술이니까.

카디건스,
벨 앤 세바스찬

처음엔
반드시 음악이 있다

스무 살 이후로 지금까지, 나는 단 한 번도 핸드폰의 컬러링을 바꾼 적이 없다. 나의 컬러링은 카디건스The Cardigans의 「카니발Carnival」이란 곡이다. 'Come on and love me now'란 가사가 반복되는 사랑스럽고도 애틋한 이 곡은 어느덧 내 주변, 나와 통화를 자주 나누는 소중한 모든 이들의 추억의 곡이 됐다.

어느 날 길을 걷다 이 곡을 듣게 되면, 라디오에서 우연히 이 곡이 흘러나오면, 친구들은 나에게 연락을 한다. 어렸을 때는 치기 어린 생각으로 나를 아는 세상 모든 사람들이 이 음악으로 나를 기억해 줬으면 좋겠다는 꿈을 꿨다. 그들이 다가와 나를 사랑한다고 말해 주길 바라는 욕심쟁이 같은 바람은 노래 가사에 실려 겹겹이 퇴적됐고, 이 곡은 내 소망대로 나를 떠올리게 하는 노래가 됐다. 이 곡 덕분에 나는 세상으로부터 깊은 사랑을 받고, 많은 다정한 사람들을 곁에 두게 된 것 같다는 생각이 든다.

카디건스, 벨 앤 세바스찬

나에 대해 이야기하려면 그 처음엔 반드시 음악이 있어야 한다. 음악은 내 삶에 곁들여진 즐거운 취미로 시작돼 나의 성장과 희로애락을 함께했고, 음악 콘텐츠 기획자이자 평론가인 나의 커리어를 만들어 준 인생의 키워드다.

"좋아하는 일이 직업이 되려면 어떻게 해야 하나요?"

SNS에서, 강연에서, 그리고 친구들과 후배들로부터 자주 들어온 질문이다. 좋아하는 일을 좇아가다 보니 어느덧 이렇게 됐다고 답해주곤 했다. 이 글을 쓰고 있는 지금, 다시 한 번 답변을 진지하게 고민해 보았다. 나는 음악을 성실하게 열망했다. 성실과 열망이라는 어울리지 않을 것 같은 이 두 마음이 나를 지금의 자리로 이끌었다. 나는 꾸준히, 지치지 않고, 뜨거운 마음으로 음악과 아티스트를 마주하기 위해 성실하게 노력했다.

✦. 마음 깊의 곳의 음악

"벨 앤 세바스찬Belle and Sebastian을 좋아하세요? 저도요."

영화 「500일의 썸머」 속 한 장면 같은 순간들은 나에게
도 있었다. 나는 학창 시절부터 벨 앤 세바스찬의 팬이
었다. 나를 소개하면서 성격이나 취향을 드러낼 필요가
있을 때 나는 늘 이 스코틀랜드 밴드의 음악을 제일 먼
저 들려준다. 그 어떤 설명과 수많은 미사여구보다 직
설적으로 나라는 사람을 가장 정확하게 꺼내 보여줄 수
있는 방법이어서다.

어떤 음악은 처음 만나는 나의 낯선 모습을 끌어낸다.
한없이 내성적인 나이지만 실리카겔의 「NO PAIN」을
들으면 조용한 카페에서도 헤드뱅잉을 한다. 두렵고 걱
정되는 순간 악틱 몽키스Arctic Monkeys의 「I Bet You Look
Good on the Dancefloor」를 들으면 강한 개러지 비트에
힘을 받아 누구보다 강해지는 듯한 기분이 된다. 새로

운 세상에 접속이라도 한 듯 신이 나고 용기가 난다.

음악은 누군가와 가장 가깝게 연결되는 방법이기도 했다. 10대 때 같은 반이었던 친구들은 30대가 된 지금도 노래방에서 그 시절 우리가 사랑했던 H.O.T.의 노래에 맞춰 랩을 하고 춤을 춘다. LP 바에서 내가 신청한 곡이 흘러나오면 세상을 다 가진 기분이다. 바 주인과 나의 취향이 텔레파시처럼 꼭 들어맞기라도 한 듯 뿌듯하고 친밀감이 샘솟는다.

시공간을 초월해 서로의 기억이 연결되는 강렬한 경험을 한 적이 있다. 최근 인스타그램 스토리에 일본 시티팝 싱어송라이터 오오누키 타에코大貫妙子의 「토카이都会」를 듣고 있다는 사진을 공유했는데, 몇 분 후 오랫동안 연락이 끊겼던 아는 언니에게서 DM이 왔다. 프랑스인과 결혼한 언니는 미국에 살고 있었고 가끔 SNS에 올라온 사진을 보며 근황을 추측하긴 했지만 서로의 안부를 묻거나 각자의 삶을 궁금해하지는 않았었다. 오랜만에 연락을 준 언니는 이렇게 말했다.

"혜림! 이 곡 말야, 우리 부부가 만난 지 얼마 안 됐을 때 함께 들었던 곡이야. 그 이후로 우리가 가장 좋아하는 곡이 됐지. 요즘 잊고 있었는데, 고마워. 오랜만에 이 곡을 기억하게 해줘서. 지금 남편이랑 소파에 앉아 같이 듣고 있는데 역시나 너무 좋네."

마음이 두근거렸다. 나 역시 누군가의 추억 이야기를 듣다 "맞아! 이 곡!" 하고 반가워하며 기억 속에서 다시 꺼낸 곡이었기 때문이다.

음악이란 한 사람, 한 사람의 귀와 손을 타고 전해져서 추억을 일깨우고, 기쁨을 안긴다. 이 다정하고 따뜻한 감정의 연결은 그날 밤이 새도록 나를 따뜻함으로 충만하게 채워줬다.

음악에는 마음속 깊은 곳의 수많은 감정을 건드려 소

환하는 힘이 있다. 같은 음악을 좋아한다는 것만으로도 빠르게 마음이 열린다. 음악을 통해 영원히 잊히지 않을 반짝이는 순간의 풍경을 포착해 오래도록 간직할 수도 있다.

✦ 작지만 분명한 쓰임

음악을 사랑하는 이유를 전부 말하려면 더 많은 공간이 필요할 것이다. 그럼에도 음악을 생업으로 삼고 살아가는 나에게는 수많은 낙담의 순간들이 있었다. 내가 원하는 콘텐츠 기획이 통과되지 않거나 기획한 프로그램이 조기 종영된 적도 있고, 원하지 않는 방향의 콘텐츠를 실적을 위해 만든 경험도 많다. 결국 나 역시 경제 활동을 하는 회사원이기에 수익을 위해 내가 원하는 것들을 포기하곤 한다. 매일같이 쏟아지는 과도한 양의 업무, 빠르게 변해가는 트렌드, 자극적인 정보의 홍수 속에서 가끔 나는 음악과 함께 일하는 것이 오히려 나의 행복 중

하나를 빼앗아 간 건 아닐까 하는 고민도 해봤다.

하지만 고민에 빠질 때마다 나는 곧 다시 음악을 사랑할 수 있었다. 일터에서 만난 수많은 아티스트들의, 정신이 번쩍 뜨일 만큼 놀라운 열정 때문이었다. 그 힘은 나의 열정을 끌어내고, 잊었던 나 혹은 새로운 나를 발견하게 해줬다. 내가 다시 음악을 사랑할 수 있는 희망과 용기를 줬다.

나에게 음악은 다정한 친구다. 직업으로 음악 일을 하고 글을 쓰지만 나는 놀라운 변화를 일으키거나 설득하고 가르치는 것을 목표로 쓰지 않는다. 나의 글이 삶을 지탱할 만한 거창한 에너지가 아니라 찰나의 미소와 작지만 기억할 만한 순간과 스스로를 다독이는 힘이 되길 바랄 뿐이다.

우리를 스쳐갔던 수많은 음악들이 우리 삶에서 작지만 분명한 쓰임을 갖고 작용하고 있음을 떠올린다. 세상의

카디건스, 벨 앤 세바스찬

다양한 음악을 찾고 사람들의 취향을 발견하게 돕는 일은 우리의 삶을 움직이는 일이기도 하다. 세상 모든 이들이 자신만의 플레이리스트를 만들기를 바라며 글을 쓴다.

순간은 영원하다

내 인생의 목표는 아는 것이 많은 애어른이었다. 약간의 허세와 겉멋으로 어려운 책을 읽고, 상을 받은 영화를 보고, 남이 듣지 않는 음악을 찾아 들었다. 나는 지금도 더 많은 것들을 알고 싶고, 듣고 싶고, 읽고 싶고, 보고 싶다.

나에게 가장 중요한 것은 더 많이 좋아하는 것이다. 더 높은 자리, 더 많은 돈을 원하는 사람들도 있겠지만 내 기준은 그렇다. 내가 추구하는 멋짐은 무언가를 많이 좋아하고 좋아하는 것들과 함께 사는 모습이다.

그렇게 좀 더 멋진 나를 꿈꾸며 좋아하는 것들을 찾아 나가다 보니 지금의 자리에 와있다. 출발선에서는 전혀 상상하지 못했던 음악 콘텐츠 기획자이자 평론가라는 직업을 갖고 일한다. 막연히 동경해 온 사람들의 아름다움을 발견하며 살아간다. 어린 시절 단 한 번도 꿈꾼 적 없는 일이다.

나는 지금의 내가 꽤 마음에 든다. 좋아하는 것들을 좇는 내가 조금은 멋진 것 같다. 앞으로 나아가고 위로 높아지는 삶이 아닌, 옆으로 확장하는 삶을 살아가는 사람. 발전하기보다 여유를 갖기를 택하는 사람. 나는 그런 내가 좋다.

지금 나는 아이슬란드에 있다. 인구 36만 명 가운데 10퍼센트는 출판을 한 작가라는 이 나라에서 내 첫 책의 마지막 글을 쓰고 있다는 사실이 조금은 운명적으로 느껴진다. 며칠 전에는 우연히 찾은 레코드샵 12 Tónar에서 MSEA라는 프로그레시브, 슈게이즈 계열 록 음악을 하는 인디 밴드의 공연을 보았다. 오로라를 헌팅하고 자연에 감탄하다 돌아가려 했던 여행에서 나는 또 이렇게 나의 취향을 확장하고, 새로운 사랑을 만났다.

생각해 보니 늘 그래왔다. 어떤 목표가 있든, 내가 좋아하는 것들을 발견하면 우선순위를 바꿀 수 있었다. 내가 좋아하는 것을 찾았을 때, 스스로의 존재를 진정으로 감각할 수 있었다. 내가 어떤 사람인지 깨닫고 나 자신의 모습을 있는 그대로 칭찬할 수 있었다.

세상은 좋아하는 것 대신 잘하는 것을 찾으라고 말하지만, 어떤 사람들은 좋아하는 것들을 좇아야만 자기답게 살아갈 수 있다. 나와 같은 사람들을 생각하며 이 글을 썼다. 좋아하는 일을 하면서 살고 싶은 사람들, 일하는 순간에도 나답게 존재하고 싶은 사람들. 어쩌면 이런 체질을 타고난 하나의 종일지도 모르는, 우리들에게 말을 걸고 싶었다. 좋아하는 마음을 성실하게 살아내는 것만으로도 더 넓은 세상으로 나아갈 수 있다는 것을 알려주고 싶었다.

우리의 삶에 오래도록 남는 것은 결국 순간이다. 좋아하는 것들을 마주하며 설레고 행복했던 순간, 그 순간의 마음가짐이 삶의 태도를 결정한다. 그래서 나는

순간이 영원할 것을 확신한다. 순간을 놓치지 않으려는
사람들의 용기를 사랑한다.

　　좋아하는 것들을 늘 곁에 두는,
　　성실하게 열망하는 당신의 삶을 기대하며

　　　　　　　　　　　　　　　아이슬란드에서
　　　　　　　　　　　　　　　조혜림

음악의 쓰임 성실하게 좋아할 때에만 알 수 있는 것

조혜림 지음

초판 1쇄 발행 2025년 1월 3일

발행, 편집 파이퍼 프레스
디자인 위앤드

파이퍼
서울시 마포구 신촌로2길 19, 3층
전화 070-7500-6563
이메일 team@piper.so

논픽션 플랫폼 파이퍼
piper.so

ISBN 979-11-94278-07-8 03810